心が見えてくるまで

早川義夫

筑摩書房

「語れないこと、語ってはいけないこと」をテーマに書きたいと思った。ただし、それらは恥ずかしいことであり、人の悪口であったり、自慢話にもなりかねなくて、下品下劣になる。愚かさや情けなさをどこまで吐露して良いかわからなくなる。あまりにひどければ、思い出の方が気を利かして書けなくさせてくれるだろう。なぜ書きたくなるのかは、「語れること、語っていいこと」というのは、わざわざ書くほどのことではないと思うからである。

目次

第一章　愛は伝染する

第二章　この世で一番いやらしいこと

第三章　仲良しの秘訣

第四章　間違っているかもしれないけれど

第五章　普通が素晴らしい

心が見えてくるまで

第一章
愛は伝染する

旭山動物園にて

前髪パッツン

おかっぱというのだろうか、ボブというのだろうか、前髪パッツンの子が好きだ。つげ義春「もっきり屋の少女」、藤圭子、山口小夜子、映画『レオン』のマチルダ。色っぽい、可愛い。どうして好きなのだろう。幼いころから僕は坊っちゃん刈りだったからかもしれない。ビートルズ、藤田嗣治、岸田劉生「麗子像」、草間彌生、黒柳徹子、川久保玲、ホトちゃん。親しみを覚える。気になる。

昔、家内にもお願いして前髪を揃えてもらったことがある。ところが、どういうわけか、ひどく老けこんでしまい、「ほらね、似合わないでしょ」と言われ、あきらめた。前髪をパッツンすれば、誰でも可愛くなるというわけではなかった。

濃紺色のふんわりしたワンピース、スカートが好きだ。白のブラウス、黒のニーソックス、グレーのキャミソール、パンティはコットン。冬は毛糸のパンツ。靴の先は丸く、襟も丸く、性格も丸く。首や腕やバッグに、じゃらじゃらとした鎖は付けてなく、ブランド名はわからず。お酒をたしなみ、好き嫌いはほとんどなく、そこにあるものを使って、手際よく料理し、盛りつけは美しい。本、映画、音楽の好みが似ていて、お互いに学ぶものがある。

酔っぱらいが店前で倒れていたら、平気かしらと心配になり、ほっといた方がいいよと忠告しても、声をかけようとする。自分が飲み過ぎると、関取のようにどでーんと足を広げ寝てしまうのに。旅先で道を訊ねる老人がいれば親切に教え、お父さんお母さんおばあちゃん思いで、犬猫を可愛がり、毎日、バナナより立派なうんちをし、ミルクと珈琲とハチミツを好む。

人混みは避け、古い町並みや夕暮れ時の青空を好み、よく働き、仕事ができても自惚《うぬぼ》れず、片付け、ゴミ捨てまで、きちんとする。唯一の欠点は、疲れると途端に不機嫌になるが、損得なく、まっすぐ怒るだけだから、わかりやすい。「理屈より感情の方が正しい、私テーブルひっくり返しますから」と口走ったとき、僕とそっくりだと思った。どうしたら、やわらかい人間になれるだろうかと（十分やわらかいのに）、あとで反省したりする。

彼女との出会いは偶然だった。歯車がひとつずれていたら見つけられなかった。もしかして、必然だったのだろうか。なんか嫌だな、この部分は目をつむっておこうなんてところがない。もしも、僕が女の子だったら彼女のようでありたいと思う。恋とはそういうものだ。ずっと仲良しでいたいが、いつか必ず別れは来る。そのときは、ダサい僕と付き合ってくれたことに感謝し、静かに柴犬と暮らそうと思っている。

愛は伝染する

僕はAさんを好きだけど、Aさんは僕を好きでないというのは、あまりないのではないだろうか。もしも、Aさんから嫌われていると感じたら、実は、僕もAさんを嫌っていたのである。片方が好きで片方が嫌いというようなことは、そう長く続くものではない。言葉を交わさずとも、お互いがテレパシーを感じ、バランスをとる。ちぐはぐする期間はあるにせよ、最終的には、ふたりとも同じくらいの気持ちになって落ち着く。

しかし、人を好きになれば、その人も同じように自分を好きになってくれるというわけではない。そんなに簡単ならば、みんなモテモテだ。ガードが固ければとても誘えない。好きと言えないのは勇気がないからではない。言わせてくれないからだ。本当に好きならば、相手の気持ちを尊重し、ちゃんと空気を読み、距離を保たなければいけない。これだけ優しくしているのだから、相手も同じ優しさで返すべきだなんて主張する人は、実は人を好きなのではなく、自分だけが好きなのである。距離感さえ間違わなければ、人と人は誰とでも仲良くなれる。

「愛は伝染する」という言葉を初めて聴いたのは、昔つきあっていた彼女の口からであった。いつだったか、どのときだったか、話の前後は忘れてしまったが、ふいに彼女が「愛は伝染する」とつぶやいた。詩人だなと思った。と同時に、おかしな娘《こ》でもあった。デイト中におしっこをしたくなると、他人の家の玄関先でもしようとする。僕はあわてて「駄目だよ」と注意すると、どうしてなのかなと不満そうな顔をしてやめてくれたけれど。いわば、犬か猫でも連れて歩いているような具合だった。

動物の本能そのままだった。そういう僕も同じだったかもしれない。彼女が風邪をひき、見舞いに行った時だ。熱もあり布団にくるまっているというのに、僕は入れようとする。彼女も抱きついてくる。普通の女の子だったら、「そればっかり」と怒るかもしれないのに、求めれば求めるほど彼女は「嬉しい」と言ってくれた。僕はおまんこが好きなのではない。彼女を愛しく思うから彼女のおまんこが愛しいのだ。

感受性の強い女の子だった。僕の歌を聴くだけで涙を浮かべてくれた。あるとき、ヘッドフォンで僕の歌を聴かせながらセックスしたことがある。耳から漏れるリズムに合わせて僕は腰を動かす。そのとき、気づいたのだ。音楽のテンポというのは、腰を動かすテンポと同じであることが一番望ましいのではないだろうか。

他の女性からキスマーク付きのラブレターを受け取ったので、ふざけて彼女に見せびらかしたら、「やっちゃえ、やっちゃえ」とあおられた。そういう女の子だった。「一番気持ちいいときに出してね」「どこに出してもいいよ」「やり逃げしてもかまわない」と言った。彼女は純粋だった。「好き」ということ以外、それに付随する「嫉妬」「独占」「見返り」みたいなものがいっさいなかった。僕の方がみっともなかった。彼女を束縛しようとしたかもしれない。妄想で嫉妬に狂ったことがあったかもしれない。

家内が楽屋に荷物を取りに来てくれた。二、三日、彼女と遊びに行くからだ。ふたりは「こんにちはー」と挨拶する仲だった。ある日、彼女から「養女になりたいな」と提案された。思いもしなかったことなので一瞬ポカンとしてしまったが、これはもしかして、みんなが幸せになる方法なのではないかと思った。しかし、家内は反対するだろうと思ったので、その話は立ち消えになってしまった。

心を数値で表わすことはできないが、彼女は僕を100好きだったと思う。僕もそのつもりだったが、彼女の将来を考えていなかったわけだから、100とは言えなかったかもしれない。突然、彼女は他の男性と結婚した。何の相談も話し合いもなく。僕はどん底の境地に陥った。まるで、病気にでもかかったかのように、長い間立ち直れなかった。「愛は伝染する」という言葉を引きずって、ふらふらと歩いて行くしかなかった。

わかりあえたら嬉しいね

歌い終わったあとは、気持ちが高揚しているせいだろうか、気になった女の子に声をかけることがある。普段ならば、声をかけるなんて、絶対できないのだけれど、歌の力はこんなところにも表れる。ハイテンションになっている。もちろん、女の子のことばかり考えて、キョロキョロしているわけではない。たまたま、すれ違ったとか、目があったとか、チャンスがあったときだけである。

「わー、可愛い。このあと、ご飯でも食べに行きませんか。無理ならば、メールくれると嬉しいけれど」。こんなようなセリフを言うことが多い。今までに何回ぐらい声をかけただろうか。滅多にない。二十年歌って来て、せいぜい五回ぐらいだ。

A子さんは可愛くて僕好みだった。〈パパ〉を歌っているとき、涙目で聴いていたので印象に残った。こんな子が恋人だったらいいなと素直に思った。しばらくしてから、別の会場でも見かけたので、これはきっと縁があるのだと勝手に思った。演奏が終わってすぐ、佐久間正英さんに「俺、気に入った子がいたから、声かけてくるね」と言い残し、急いで客席へ降りて行った。「打ち上げがあると思うので、もし良かったら、出席しませんか?」と言った。すると彼女は、近くにいた主催者の男性に近寄って行き、「今日、打ち上げあるの?」と訊いている。主催者は「いや、予定はないけど」と親しげに話している。そこで初めて気がついた。主催者の恋人だったのだ。がっかりして楽屋に戻った。佐久間さんに「駄目だった」と報告すると、佐久間さんはニコニコと笑ってくれた。

B子さんからは突然、「今からお家に行っていいですか。やったらすぐ帰りますから」とメールが入った。ところがそのメールに気づくのが完全に遅かったので、なしになった。後日「ホントですか?」と訊ねると、「ホントです」というやりとりはあったのだが、結局「忙しくなってしまったので、またメールします」のあと、うやむやになってしまった。あの日はお酒を飲んでいて、そういう気分にたまたまなっただけのことらしい。タイミングを逃すともう駄目である。

　C子さんは笑顔はなかったが美人であった。その日は用事があって別れたが、次のライブのとき、飲みに行った。ところが、お話する内容が意味不明だった。よくわからないので、「えっ、どういうこと?」って質問をすると、話はもっと長くなり、ますます迷路に入ってしまう。話に切れ目がなくて、いったい何を言おうとしているのかさっぱりわからなかった。だんだん、オカルトっぽくもなってくる。これは無理だなと察し、駅までお見送りをして別れた。

　翌朝、電話がかかってきて、「昨日はごめんなさい」と謝る。「えっ、どうしてですか」と答えると、電話の向こうで急に泣き出した。いったいどうなっているのだろう。「別に僕はなんとも思っていませんから」と話すと、またすぐ僕にはわからない話が始まった。やはり無理なので、「あのー、お話が合うと思って声をかけたんですけど、どうも話がかみあわないようなので、ごめんなさい。電話を切ってもいいでしょうか。すいません」「はい、わかりました。では、早川さんの連絡先は消去しますね。ご迷惑がかからないように」「はい、お願いします」

D子さんは、ライブ会場近くの喫茶店で偶然お逢いして以来、ちょっと気になっていた子だ。すっかり忘れていたころ、思いがけず別な会場でお会いしたので声をかけた。少しだけ飲んでお話をした。笑顔が可愛いかったので写真を撮ったりした。もっとゆっくりしていけばいいのにと言うと、同棲している彼氏がいるので帰らねばならないと言う。もちろん、引き止めずに別れた。

数日後、「お昼にベトナム料理を食べに行きませんか」と連絡が入った。待ち合わせ場所に行くと、なぜか前回お逢いした時の、にこにこした笑顔がなくて、なんとなく冷たい印象を受けた。食後、Ｍａｃの使い方などを教わったが、話はあまり弾まず、恋の予感みたいなものもまったく感じられなかったので、なんでこうして逢っているのかがよくわからなかった。夕方から用事があるというので駅まで送って別れた。もう、逢うことはないだろうと思っていた数カ月後、「飯田橋に映画を観に行きませんか」とメールが入った。一度無理だと思ったことと、ちょうどその時、本当に僕は体調を崩していたので、それを理由にお誘いをお断りした。

E子さんとは長く続いた。時々、ライブ会場で見かけ、可愛いなと思っていたけれど、なんとなく自分と不釣り合いのような気がして、僕から声をかけることはなかった。「意外」「あり得ない」「不道徳」は好きなのに。すると突然、連絡が入った。「うちに来ない？」と誘うと夜中なのに来てくれた。それ以来、手をつないで歩いたり、笑い転げたり、いわゆる恋人同士になったのだが、一、二年経つと、だんだん、彼女が遠ざかっていく感じがして、なんだかなーと思っていた。

本当は別れたいと思っているのに、切り出せないのなら、僕から別れを言うべきかなと思って、最後のデイトをした。しかし、僕に心残りがあり、またしばらく付きあうことになった。だがどうしても一番最初のようないい感じにはなれない。何かが冷めている。「どうして最初のような、好きっていう感じではなくなったの？」と訊くと、「最初は歩み寄っていたの」と言う。歩み寄ると言われて、びっくりした。恋愛というのは、歩み寄るものなのだろうか。僕の何が駄目だったのだろう。くわしい理由は聞いていない。人の心はわからない。人の気持ちを変えることはできない。「今まで本当にどうもありがとう。さようなら」というメールをもらった。同じ温度になっていたので、悲しくなかった。

一年後、気になったことがあり、「お元気だと思いますが……」とメッセージを送った。するとすぐに、「連絡ありがとうございます。とても嬉しかったです。先日おかげ様で無事、結婚式を挙げることができました」と返事があった。僕は素直に慶べた。「ご結婚おめでとうございます！　パチパチパチパチ。お身体に気をつけて、ずっとお元気でいて下さいね」「ありがとう。よしおさんも元気で（^_^）」「はーい」すれ違ってしまった仲だけど優しい言葉をかけあうことができて良かった。

欠点が好き

「あっ、その目好き」って、女の子から言われたことがある。昔から目は細くて、泣き虫だったからか、まぶたは垂れ下がり、まつ毛は見えない。小学校五年生のときから、近眼で眼鏡をかけていた。今は当然、老眼も加わっている。眼鏡店で自分の度数を訊いても、正しい数字は教えてくれない。0・00いくつかは、数値を表すことができなくて略すことになっているそうだ。眼鏡を作っても、正常な人と同じ度数にすることはできない。頭が痛くなってしまうからかなり控えめに作る。それでも、牛乳瓶の底みたいに渦をまいてしまう。

四十歳ぐらいのとき、コンタクトレンズを試したことがある。ところが、涙が止まらず、雨の中を歩いているような状態になってしまった。眼鏡店の話によると、若いときならば、身体に異物が入っても抵抗なく受け入れられるのだが、歳を取ってからだと、身体が拒否反応を起こすらしい。レーザー手術がいいと聞いたことはあるが、いまさらもう、そこまでしなくてもいいやと思った。

そのくらいだから、人前で眼鏡をはずした顔は見られたくない。さぞかし、はずした顔はまぬけであろう。眼鏡がないと、顔の一部がなくなってしまったようで心細い。その眼鏡、ちょっと貸してなんて、いとも簡単に言う人がいるけれど、身体の一部を貸すことはできない。

そんなわけなので、「その目好き」と言われたときは、びっくりした。目いっぱい見開いたときなのか、たまたま目がつり上がったときなのか、いやらしい目をしたときなのか、何かしらの表情を作ったときだと思うが、どのときかを忘れた。一瞬のことなので、再現できない。

お腹がぽこっと出ているのを、そこがいいと言ってくれた人もいた。「えー？」と訊き返すと、「へこんでいる人より、出ている人の方が可愛い。面白い」と言う。僕と付き合う女の子は、どうかしているのかもしれない。しかし、褒められれば、嫌な気持ちはしないもので、まして、コンプレックスである部分を良しとしてくれたら、気は楽になる。

性格においてもそうだ。仮に、せっかち、しつこい、すけべとかがあっても、ひどく迷惑がかかれば別だろうけれど、性格は簡単に直せるものではないから、大目に見てくれると嬉しい。みんな、それぞれ何かしら欠点があり、それが個性に繋がっている。欠点がいい方向に働く場合だってある。たとえば、気が弱いからこそ大きな罪を犯さないでいられるのである。

相手の長所をいいと思うのは当り前の話であって、相手の欠点こそを好きにならなければ、その人を好きとは言えないのではないだろうか。長所だと思っていたところは、案外、欠点であったりする。欠点だと思っているところがその人の持ち味であったりする。長所は威張っていて、偉そうで、憎らしい。欠点は出しゃばらない。いつも、恥ずかしそうにしている。奥床しく、誠実で、謙虚だ。反省もする。努力もする。だから、可愛い。

小林秀雄の声が聴こえてくる。「人間は、自分の得意なところで誤ります。自分の拙いところではけっして失敗しません。得意なところで思わぬ失敗をして不幸になる。言葉もそれと同じだな。あまり使いやすい道具というのは、手を傷つけるのです」（『学生との対話』新潮社）

恋人の条件

「恋人の条件を三つあげて下さい」という質問が好きだ。ゲームみたいなもので、そんな真剣になることはないのだが、お互いの好みやものの考え方は知っておいた方がいい。僕は「顔、性格、センス」と答えた。声というのも気になる。さわやかな声と、耳障りな声があるからだ。

「顔」は美人不美人というより、表情である。顔に人柄やこれまでの人生が滲み出てしまうと思うからだ。ヌード写真でも僕は顔が写っていないと興奮できない。荒木経惟『いい顔してる人』（PHP）の帯には「いちばんの裸は顔だよ」とあった。最晩年の笠智衆の顔写真が掲載されていたが素晴らしい。ほれぼれする色っぽさだ。

「性格」というよりも、変えることのできない性質かもしれない。言葉尻をとらえて、喧嘩などしたくないから、きつくない、ぼんやりした女性がいい。すべてをよく解釈して、笑いあえる仲でありたい。

「センス」。感覚、感性はなるべく同じでありたい。僕が嫌だなーと思っている男を「わたし大好き」って言われるとつらい。映画を観ても同じ場面で感動し、服の趣味や味覚も同じ方がいい。一緒に歩きたいし、同じものを食べたいからだ。

それら、三つの条件を兼ね備えた人が二人いて、一人に絞らなければならないとしたら、僕は「性の相性」と答える。この四つ目の答えが一番重要なのだそうだ。

可愛い女の子はいっぱいいるけれど、僕を好いてくれなければ何の意味もないから、僕にとっての可愛い子はめったにいない。それに、お友だちを探しているのではなく、恋人を探しているから、なかなかうまく行かない。仮に出会えたとしても、僕は嘘がつけない。遠回しにものを言うことができない。

幼なじみだったらいいのになと思う（あり得ないけれど）。すでに恋人同士だったらいいのになと思う。そうしたら緊張しないですぐに抱き合える。僕は完全に妄想の世界に入ってしまった。「僕にだけ、ものすごくHになってくれたら、嬉しい。何をしてもいいよ。何でもしてあげるよって。そんなわけにいかないかしら？」とメールを送ってしまった。

読み返したら、ひどく恥ずかしくなってきた。まだちゃんと会ってもないのに、打ち解けてもいないのに、すぐにセックスしましょうねと言っているようなものだ。段階がない。常識がない。ムードがない。それだけが目的に思われてしまう。決してそうではない。純粋な気持ちからなのだ。好きであればあるほど僕はしたくなり、純愛であればあるほどスケベになってしまうのである。そこが伝わらない。オブラートに包むことができない。相手の気持ちを考えていない。もう駄目だ。謝りのメールを書く。ますます、みっともない。

あきらめていた矢先、「わたしは清純じゃないです。すけべを言葉にできないむっつりです。早川さんは表現してくれるから、すけべ担当？　みたいになっちゃって。一人相撲に思っちゃいますよね、すみません。早川さんの露骨な言い方、私はロマンチックに思えました」と返事をもらった。

世の中には、こんな僕をわかってくれる人がごくまれにいるのだ。変態は普通を目指す。普通の人は変態を目指す。一見普通に見える人が変態なのであって、その人が変態かどうかをちゃんと見抜ける人は、同じ匂いを持っている変態の人だ。彼女はもちろん一見変態ではない。ごくごく普通のお嬢さんである。

泣けてくるほどの感動

恋人を選ぶ条件も大切だが、「嫌いなタイプ」を尋ねても面白い。ある人に訊いたら即座に、「知ったかぶりをする人」と言うので笑ってしまった。お互いの好みや許せないことを知っておいた方がよい。つきあう前に、好きなもの、嫌いなもの、これだけは許せないということを伝えあった方がいいのではないだろうか。なんか変だな、違うなと思う部分があったら、やがては破局が来る。感性も同じ、相性も合う、一心同体ではないかと思えたら、きっと長続きするだろうな。

熱々のカップルだったのに、やがて雲行きが怪しくなり、別れるはめになる場合がある。アメリカ映画を観ると離婚している設定が多い。僕の周りにもいる。熟年離婚もある。突然、妻から申し立てられるそうだ。お互いに我慢しあっていたのかと思っていたら、妻は遥か昔から鬱積しており、切り出すチャンスを狙っていたのだ。人ごとではない。
好き同士で結ばれたのに、最後は、ご飯の食べ方まで嫌になる。同じ空気を吸いたくないとまで言う。そこまで嫌いになるのに、どうして嫌いになることを見抜けなかったのだろうか。不思議である。でも、しかたがないのだろう。好きになるとあらゆるしぐさが可愛く思え、嫌いになるとすべてが不愉快になるからだ。同時に燃えて同時に冷めて行くならいいけれど、片方は別れたい、片方は別れたくないとなるから面倒である。恋愛は、必ず終わりが来る。くっついたり、離れたりして、人は成長していくのだろうか。

肉体はここに存在するけれど、たましいはどこにあるのだろう。精神はどこに、記憶はどこに、意識はどこに、無意識はどこに隠れているのだろう。ある女の子が、「肉体とたましいが一番寄り添ったときに涙が出るのかしら」と言って、職場の送別会に出席し、別れを惜しみ、思わず涙があふれてきた話をしてくれた。あっ、そうかもしれないと思った。彼女の涙をまだ見たことがない僕はちょっと嫉妬した。

周りにお花畑などないのに、蝶々が飛んで来ることがある。ふと見上げた窓の外に、交通量の激しい交差点でも見かけたことがある。そんな場所に蝶々が飛んでくるはずはないから、「あっ、佐久間正英さんかな」と勝手に思ったりする。それだけではない。最近、僕のちんちんがおかしいのだ。勃起時に、先端だけ、こんにちはと下を向いてしまったと思ったら、今度は、やけに上に反るようになってしまった。痛くはないからいいけれど、こんないたずらをする人は、佐久間さんしか考えられない。

感傷的で、僕だけの偏見で、世間一般には通用せず、決めつけられないことだから、あえて口にしなかったけれど（してたかな）、感動する音楽と感動しない音楽との違いは何だろう。それは、音楽に限らず、映画も本も、愛する人もそうだけど、器用不器用とは関係なく、痛くなるほどの悲しみを感じるかどうかではないだろうか。涙があふれてくるかどうかではないだろうか。もちろん、笑えること、心地よいこと、美味しいこと、元気が出てくることは大切だが、泣けてくるほどの感動が一番美しいと僕は思っている。

ピュアで可愛くて動物みたいな人

離婚した奥さんとか別れた恋人と、その後は友だち関係になっているという話を聞かされると、そんな経験がない僕はうらやましいなと思う。下品な僕は「また、やっちゃったりするの？」などと質問したくなるけれど、男性も女性も「全然その気にならない」らしい。特に女性はまったく考えられないそうだ。

別れた人と再び逢うなんて、どういう感じなのだろう。相手の女性は二度と僕の顔など見たくないだろうし、僕は僕で、別れたときの悲しみや、好きだったときの気持ちを、何かの折にふと思い出すこともあるくらいだから、まさか、友だち関係になるなんて、あり得ないだろうなと思っていた。

ところが、何年かぶりにかつての恋人と逢う機会ができた。ドラマのワンシーンのように、ほろりときたり、抱きついたりするのだろうか。一瞬そんな光景が浮かんだが、ただ、懐かしく、にっこりと会話を交わし、優しくいたわりあうことができて、ほっとした。決して、僕は嫌われていたわけではなく、僕もふしだらな気持ちにならず、他の人と同じように、健康な男性であることを自覚できた。

ご飯を食べながら、話の流れで、「恋人の条件を三つあげるとすれば何？」と訊いてみた。「うーん、何かな？」しばらく首をかしげていたが、「ピュアな人、可愛い人、動物みたいな人」と答えてくれた。「じゃ、そういう人が二人いたら、何を決め手に一人にしぼる？」という四つ目の問いには、「そんな人が二人いるなんて想像できない」と答えてくれなかった。

後日、再会できたお礼のメールに、「恋人の条件を三つ聞かせてもらったけど、四つ目の答えが実は最も重要なんです」と書き添えると、「四つ目の答え……、いくら考えても思いつかなかったなぁ……、よしおちゃんの恋人の条件の四つ目はなぁに?」と返信があった。「顔、性格、センス。四つ目は、性の相性です」と答えると、すぐに返事が来た。「きゃぁー」の後に、にっこりマークの絵文字。彼女の可愛さは変わっていなかったし、何よりも幸せそうで良かった。

別れた恋人がもしも不幸せだったり、生活が荒れていたり、暗かったりしたら、困りものである。お互いが幸せであってほしいと思う。それぞれの選択が間違っていなかったことを証明するためにも、幸せでなくてはならない。「人間の本質は悪であって」という車谷長吉の言葉を僕は信じているところがあるから、「自分をふった人は不幸せになっていてほしい」という気持ちがまったくないとも言えないが、やはり、不健康な考え方よりも、自分は健康な心でありたいと願っている。

かつて、外で嫌なことがあったとき、迎えてくれたチャコ(柴犬)の頭を撫でていたら、すっかり気分が落ち着き、優しい気持ちになれた。僕が撫でていたと思ったら、チャコが撫でていてくれたのだ。恋人の条件「顔、性格、センス」はどうでもよかった。僕も「ピュアで可愛くて動物みたいな人」がいい。

元気のひみつ

朝日新聞社から、「元気のひみつ」というコーナーの取材依頼があった。「元気のひみつ」と問われても、マラソンをしているとか、水泳をしているとか、体操をしているとか、身体の健康に繋がるようなことはしていない。思いつくことと言えば、1歌を歌っていること。2自分の気持ちを文章に表わそうとしていること。3恋をしていること、くらいだ。

いずれも、多少の苦しみを伴うので、必ずしも元気になるとは限らない。しかし、それを乗り越えたとき、元気になれたり、大げさかもしれないが、生きがいを感じたりする。それしか考えられないのですがと、朝日新聞社の中島鉄郎さんに返信すると、「恋をすることっていいですね。誰もができることですから。文章にまとめるのはむずかしそうですが（笑）」と、お返事をもらった。

たしかに、「恋をすること」は誰にでもできる。若い人からお年寄りまで。しかし、書きようによっては、あるいは、受け取りようによっては、いやらしい、汚らしい。人の恋の話など聞きたくはないだろう（まして、じじいの）、調子に乗っているようでもある。ちょっと心配になった。どこまで話せばよいだろうか。僕は独身ではないから、不道徳にも思われる。けれど家内は認めてくれる。それもかえって変である。「だって、人を好きになってしまったら、それをやめろとは言えないからしょうがないことじゃない」と言う。

中島さんに、ぜひとも、不潔にならないように書いていただけるようお願いした。あー、そうだな、それもいいな、恋をするということは、心の問題だからな。密かに誰かに思いを寄せるというのはロマンチックでいい。どうしたら好かれるようになるか、どうしたら悲しみを受け止められるか、どうしたら苦しみを昇華できるかを考える。息を引き取るまで、恋をし続け、それらを歌にし、文章に表わし、ぽっくり死んで行ったら、家族の笑い話にもなって、終結するのではないか、そんなふうにまとめてくれたらいいなと思っている。

エロティックな恋

若い頃、ただ漠然とモテたいと思っていた。しかし、考えてみれば、好きな人から好かれたいのであって、モテるとかモテないとかは関係ないことが最近になってわかった。ブサイクな男がステキな女の人とカップルになっている場合がある。美人は男を顔で選ばないからだ。ということは、思いきって好きですと伝えた方がいいかもしれない。ただし、告白できない場合は、告白させてくれないのだから、黙っている方がいい。

清潔であること。優しさを持っていること。妙なくせを持っていないこと。自慢しないこと。威張らないこと。何か得意なものが一つあるといい。仕事とかスポーツとか料理とか、たとえばパソコン。けれど、決してそれを鼻にかけず、理屈を言わず、訊かれたら、要点のみを上手に、さらりと教えてあげることができたら、好かれるだろうなと思う。

自分がもしも普通の人だったら、普通の女性を求め、もしも一風変わっているようだったら、一風変わっている女の子（見た目ではなく内面が）を好いた方が気の合う確率は高い。気持ち悪い男の人は、気持ち悪い女の人だけが持っているいいところをきっと見つけることができるはずだ。

中川五郎さんに会うと、必ず「最近やってる？」と訊かれる。五郎ちゃんは、年齢許容範囲が広く、なんと八十歳までだ。女の子はみんな素晴らしいからだと言う。その考えは正しい。何でも美味しくいただく。誰でもいい。五郎ちゃんに言わせれば「誰もがいい」わけである。「もしも、嫌になったら、別れることってできるの？」と訊くと、「簡単だよ。居留守使えばいいんだよ」と答える。そんなにうまく行くかしらと僕は誰とも付き合っていないのに、別れるときのことを心配した。実際、他の男性に「女の子と付き合ってる？」と訊いてみると、「付き合いたいけれど、一度関係を持つと、それだけではすまなくなるでしょ。それが面倒だからね」という答えが結構返ってくる。

女性も同じ気持ちを持っている人がいるのではないだろうか。ちょっと楽しみたいと思っても面倒だと思っている人が。一度きりの約束で逢うのはどうだろう。そして、お互いがもしも気に入ったら、その時はもう一度。そのためだけに逢う。あっさりしている。ただしこれは恋とは違うかもしれない。そういう関係も決して悪くはないが、僕はエロティックな恋をしたい。

理想の暮らし

父が引っ越し好きだったので、小さいころ、よく引っ越した覚えがある。そのせいか、僕も同じ場所に五年、十年いると、だんだん落ち着かなくなる。記憶をたどると、神田松枝町、岩本町、鎌倉、和泉町、佐久間町、代田橋、代々木八幡、武蔵新城、再び鎌倉、新宿だ。東京での一人暮らしは、もう五年になる。そろそろ、引っ越しをしてもおかしくはない。どこがいいだろう。どこが暮らしやすいだろう。ふと、沖縄が浮かぶ。遊びをかねて歌いに行ったことが数回あるがいつもいい思い出が残る。空も海も青くてキレイだ。時間がゆったりと流れ、何よりも人柄がいい。

移住案内には、「その土地に住んだら、慣習に従い、ご近所付き合いを大事にしなければならない」と書かれてあった。東京暮らしの人が田舎に住むときは、必ずそれを考慮しておかなければならない。僕は車の運転ができないため、もしかしたら、田舎暮らしは無理かも知れない。四十八年連れ添って現在別居中の妻は、田舎と聞いただけで「どうぞ行ってらっしゃい」と突き放し、まったく興味を示さない。東京のデパートが好きなのだ。うちの母もそうだった。日本橋三越のことを「みっちゃん」と呼んでいたくらいである。

庭には、犬がいて、猫がいて、アヒルやニワトリもいて、海がそばで、山に囲まれ、風が通り抜ける畳の部屋があって、一日中、ぼーっとしている。できれば、温泉が湧いていればいいけれど、それは贅沢だろうか。そんな生活を夢見ている。可能性は薄いけれど、ひょっとしたらと思って、彼女にも訊いてみた。

「どういう生活を望んでいるんだっけ？　猫のいる暮らし？　夢があったら教えてほしいな」と問うてみた。「理想の暮らし。古ぼけたアパートか、団地か、ちょっとアメリカみたいな平屋。植物、ハーブを育てたり。犬か猫、小鳥がいる。アトリエがある。食事や休む時間とかは一緒で、でもお互いの時間をいちばんに考えて、無理にあわせず、かっちりすぎない。でも、いろいろ相談しあえたり、無関心とかじゃない関係。が、理想……かな？」

第二章 この世で一番いやらしいこと

北海道の牛

この世で一番いやらしいこと

母は死ぬ間際、「私はお父さんと結婚する前に、○○さんのことが好きで、その人と一緒になりたかったの」みたいなことを急に話し出したとき、ベッドを囲んでいたみんな、きょとんとしてしまった。○○さんて誰だろうと思ったが、姉たちは、ああそうなの、と相槌を打った。これまで母の口からそんな話を聞いたことがなかったのでちょっとびっくりした。死ぬときというのは、秘密にしていたことを吐き出しておきたいのかもしれない。

聞いた話である。おじいさんが死ぬ間際、「最期におそそを見たい」と願った。そこで、家族会議を開き、若い娘がいいだろうと、おばあさんではなく、長男のお嫁さんがおじいさんの顔の上にまたがった。すると、おじいさんは「おそそではなく、おそとが見たい」と言ったそうだ。（出典・中島らも『寝ずの番』）

僕はいったい何を望むだろう。僕はおそとではなく、おそそかも知れない。わからない。逢いたい人はいるだろうか、聴きたい音楽、見たい景色、何を食べたいと言うだろうか。ひどく身体が痛むようだったら、たくさん鎮静剤を打ってもらい、夢うつつのまま、あの世へ行けたらと思う。たぶん、好きだった女の子のことを考える。Hをしたときの情景を思い浮かべる。あんな場所で、あんな恰好をして、あんなことまでした！　意外性があればあるほど鮮明に記憶が残っていて、僕は愛を感じ、感動を覚える。ああ、いい娘だったな、生きていて良かったなと思う。おかしいだろうか。

映画でもそうだ。普通のベッドシーンは面白くない。甘ったるくて、照れくさくて。かといって、題名に「セックス」とついたものはまず面白くない。麻薬をやりながらの退廃的な場面も好きではない。エロスはもっと別な場所にある。それよりも、『郵便配達は二度ベルを鳴らす』、『8 Mile』のワンシーン。題名は忘れたが外国映画で、少年と少女が腕につばを垂らし、こすって匂いを嗅ぐシーンが印象に残っている。久世光彦演出のテレビドラマで、小林薫と田中裕子が、小石を口に含んで、口から口へ移すシーンも良かった。いかにも変態というのは嫌だけれど、ほんの少し異様なのがいい。

「私は、芸術はすべてエロスの香りのしないものに興味を持ちませんし、芸術とはそもそもエロスから発生したものだという考えを持っています。私の小説が、あるとき、エロ小説と呼ばれたのは、読む方の教養の不足と品性が下劣だったのだろうと思いますが、今でも自分の小説が色っぽいといわれることは、作家として光栄だと思っています。人間の生は性によって発生し、性によって育ち、性によって終焉を遂げるのです。人生から性を差し引いて、なんの生きがいがあろうかと思います」（瀬戸内寂聴『あきらめない人生』集英社文庫）

この世で一番美しいものは、この世で一番いやらしいことなのだ。

男の乳首

男の乳首は使っていないのにどうしてあるのか、永六輔さんは不思議に思い、進化論を研究している大学の先生に訊きに行く。すると先生は、「こんなすばらしい質問をしてくれた生徒はいない」と感謝しながらこう答える。

「すべての男性はお母さんのお腹の中で女としてスタートします。女としてスタートしていきながら、いろいろと、ちょっと足りないものがあったりして、女でいられなくなっちゃって、落ちこぼれたのを男っていうんです（笑）。だから、人間の質からいうと女の方がずっと質は高いんです。ダメになっちゃったハンパ者が男なんです。男の胸の乳首は、昔、女だったけれども、今はもうダメ、男になっちゃったという意味なんですよ」

永六輔『悪党諸君』（青林工藝舎）を読んで、僕は十歳のころ見た夢を思い出した。おちんちんをくるって内側に丸めると女の子になり、くるって表に出すと男の子になる奇妙な夢だ。女の子にその話をしたら、「それ、赤ちゃんの時の記憶なんじゃない」と言われた。小学生にそんな想像力があるとは思えないから、記憶だったと考える方が納得する。

僕の見た夢が母親のお腹の中にいた時の記憶だったと言い張るつもりは毛頭ない。単なるスケベだったからそういう夢を見たのかもしれない。ただ、否定はできない。受精したときから生命はあるのだから、精神の奥深くに沈んでいる全記憶の一部分が何かの拍子に、無意識の世界で見る夢の中に現れてきても、なんら不思議はない。

「袋の裏に、下手な縫い目みたいな筋」こそが、「元は女だったたっていう跡」なのだから、「男が威張っているのはよくない」「女を泣かしちゃいけないよね」ということを、『悪党諸君』を教材にして小学校や中学校で教えた方がいいのではないかと思う。

心とちんちんの関係

彼女は僕のことを「よっちゃん」ではなく、いつしか「よっちゃ」と呼ぶようになった。そのうち僕も真似をして「〇〇ちゃ」と呼ぶようになった。人が聞いたら、勝手にやってくれという話であるが、彼女からのメールの最後に「よっちゃはやっぱり一人暮らしはさみしいですか？」とあった。あれ？　もしかして、僕と住みたいのかしらと妄想がふくらみ、その言葉だけでおっ立ってしまった。

手や足や首や肩や腰は、自分の意思で回したり、力を入れて硬くすることもぐにゃっとさせることもできるのに、ちんちんだけは自分の意思で勝手に動かすことはできない。性を刺激する愛のようなものが心に降りてきたとき血液が充満するのだと思うが、途中で気持ちが萎えたら、途端にしぼんでしまう。ちんちんは心と直結しているのだと思う。

そんな話をしたら、「犬のしっぽのような感じなのかな？　わたしもしっぽ欲しい」と返事があった。犬は嬉しいとしっぽを振り、不安におびえると垂れ下がり、後足の間に隠れてしまう。猫はパタンパタンと床に音を立てたり、毛を逆立てたりして、いろんな気持ちを表している。たしかに感情を表す器官としては似ているかもしれない。

ちんちんは正直である。一目見れば、心地よいのか心細いのかがわかってしまう。ところが、世の中には強姦魔がいるからわからない。男友だちに訊いてみると、みなできるはずがないと答える。嫌がっているのに興奮できるのは相当な異常者である。僕などは一度拒否されたら、すぐに引き下がる。脅かしてまで、頭を下げてまでするものではないからだ。

女性も同じだと思う。好きな人から抱きしめられたら嬉しくなり、嫌いな人から抱きしめられたら嫌悪で身震いし恐怖すら覚える。えらい違いである。心が奮い立たなければ、心が潤わなければ、なにも始まらない。

本当の気持ちだけが美しい

昔、自分のホームページで「五つの質問」というのをしたことがある。僕のホームページを訪れてくれる人たちに答えてもらった。

①あなたの生きがいは何ですか。
②今まで一番楽しくて嬉しかったことは何ですか。
③もっとも悲しい思い出は何でしたか。
④愛とお金と能力のうち何が一番欲しいですか。
⑤人に言えないあなたの秘密は何でしょうか。

書＝佐藤臬

百通近くの回答があり、到着順にホームページに載せた。最初に届いたのは、「①セックス、ブックス、ミュージック。②子供と過ごした時間ぜんぶ。③おばあちゃんの死。④ずっと才能が欲しかった。⑤無限大のスケベな妄想癖」。これは面白い結果になりそうだと確信した。

僕が一番興味を持ったのは、五番目の「秘密」である。「絶対言えません」が二割ほどあったが、その他の方は正直に答えてくれた。「女の子のパンツを盗んだことがある」とか、「僕は背が低いので、（女性用の？）ヒールアップの中敷きのようなものをスニーカーに入れて履いていること」など、匿名であるとはいえ、どうしてこんなに正直に書いてくれるのだろうと、僕はじんときた。秘密を話してくれるのは、信頼されている証拠だ。

長野県麻倉で「恥かしい僕らの人生」というライブを企画してくれた大島健一さんが、「恥ずかしいことは、誇らしいことでもあるんだ」と解説してくれた。たしか、性器を例にして語ってくれた。僕もそう思う。僕たちの身体や心の恥ずかしい部分は、実は誇らしいことでもあり、逆に誇らしいと思われているようなことは、もしかしたら、恥ずかしいことかもしれないのだ。

「いろんな人とHを試してみたい……」という女性からの回答があった。別な女性からも、「ステディな彼氏がいるときも、ちょっとしたことですぐに別の男性を好きになってしまったりします。別に関係を持ちたいとは全然考えないのですが、しかし相手の男性には『私に恋愛感情を持って欲しい』と思います。自分勝手もいいところです」という告白があった。やはり、正直な気持ちって、いいなーと思った。

最後に届いた回答が素晴らしかった。

「色々かっこつけてごまかしたり理由つけたりしてるけれど、結局は自分の仕事を認められたくて認められたくて仕方ないって気持ちで毎日が苦しいこと。人に求められていないということが、悲しくて悔しくて、自分のしたいことで成功しているほとんどの人を心の底では妬んでること」

本当の気持ちだけが美しいと思った。

愛の単位

誰の言葉かわからなくなってしまったが、「相手にとってあなたが本当に役に立っているなら、相手は離れていかない」というメモ書きが残っていた。たしかにそうだ。僕から離れていった人は、僕がちっとも役に立っていなかったのである。僕の方から離れて行った場合もそうかもしれない。もっとドキドキさせてくれる人が現れたのだろう。そのように答えがはっきりしているのだから、なぜだろうなんて悩むことはない。好きな人と離れたくなかったら、自惚れず、勘違いせず、役に立ち続けなければならない。

僕は朝立ちが好きだ。あー、生きていると感じる。充実した気持ちになる。原因は性的な夢を見たこととは関係なく、尿が溜まって膀胱や前立腺を刺激するからという説も間違いらしい。浅い眠りのとき、特定の神経が刺激されて、と書かれてあったが、これもよくわからない。

昔、北山修さんが、「みんな、トイレのあとに手を洗うけど、僕は用を足す前に手を洗い、し終わったあとは手を洗わないよ。おちんちんはキレイなもので。雑菌は手に付いているのだから、先に手を洗わなくちゃ」と話していた。なるほど。電車のつり革やお札を触った手でおちんちんを握る方が汚い。

『Fの性愛学』（原書房）という本の帯に書かれてあった伴田良輔氏の「Fはおそらく音楽だ」という言葉が忘れられない。僕は音楽が好きだ。あー、愛されていると感じる。楽器が好きで演奏するだけで濡れてくる女性が好きだ。ある時、峯田和伸さんらと打ち上げをしたとき、Hな話で盛り上がった。「私は顔にかけてもらうのが好きで、それが乾いてパリパリになるのも好き」と話してくれたとびきりの美女がいた。

自分がしてもらいたいことは、相手にも同じことをするのが礼儀である。僕は女の子の届かないところにチューをする。好きな人は僕の分身だから気持ちいい。彼女の歓びが僕の歓びとなり、僕の歓びが彼女の歓びになればいい。愛の単位は、センチやキログラムでは表せられない。一番いやらしいところを愛おしく舐められるかどうかである。

みんなの彼女

一時期、あるお店にハマったことがある。恋人にふられ、鬱になり、寂しい時期だった。「週に二回でも三回でもいいから行ってらっしゃい」と妻は送り出してくれた。まさか、そんな頻繁には行かなかったが、月に一度ぐらい通った。気に入った娘《こ》が見つかると予約を入れる。ところが、予約開始時間に電話をしても、話し中だ。みんなの彼女をみんなが一斉に求めるからである。やっと繋がったときは予約で埋まってしまっていた。

「予約取れた?」「駄目だった」「別な娘にすればいいのに」「いや、また今度でいいや」。その場所でどのようなことが行われているのか妻は知らない。聞きもしない。興味がない。初めて会う知らない者同士なのに、まるで、恋人であるかのように迎えてくれる。無駄なお喋りはせず、すぐさま服を脱ぎ、石鹸とヌルヌルの液体で身体を洗ってくれる。奥さんや恋人に頼めないことまでしてくれる。

僕はスケベに違いないけれど、それほど風俗にくわしいわけではない。ピンサロやキャバクラは、自分の趣味に合わない気がして行ったことがない。デリバリーというのも気にはなるが、向こうからやってくるという感覚が色川武大の『怪しい来客簿』みたいで、落ち着かない。出会い系サイトは騙されそうなのと、たどり着くまでが面倒くさそうで利用したことはない。

昔、友だちと一時期ソープランドへ遊びに行ったことはある。今回は似たところがあるけれどソープランドではない。石鹸やシャワーがあるので、なんとなく清潔に思え、ここが自分の好みにあってそうだなと思っただけである。

店のシステムはちゃんとしており、男性従業員も礼儀正しい。あるとき、生年月日が会員番号になるというので、正直に一九四七〇〇〇〇と記入したら、上司からそんなはずはないだろうと注意を受けたらしく、従業員がひざまずいて、「一九四七で合っていますでしょうか?」と訊く。「はい」と答えると、いったん引っ込むのだが、また「四十七は昭和でしょうか?」「いや、西暦のはずですが」「少々お待ちください」と何度も訊ねにきた。若く見られたわけだから悪い気はしなかったが、待合室の中で「〇〇様」と偽名で呼ばれたことが恥ずかしかった。

びっくりするくらいの可愛い娘が幾人もいた。期待はずれもあるが、だいたいみんないい娘である。お友だちになりたいくらいだ。ただし、デイトしたいみたいなことをほのめかすと、禁止行為なので、うまく断られる。職業にしている娘もいるが、アルバイトとしてやっている娘が多いように見受けられた。気に入った娘がいても、いつのまにか辞めてしまい、また新しい娘が次々と入ってくる。

いつごろから行かなくなったのだろう。好みの女の子が店を辞めてしまったからだろうか。東京に引っ越して横浜まで行く気がなくなってしまった。なにしろ、予約をしたうえ、途中で確認の電話を入れたり、なかなか面倒なのである。ならば、都内で探せばよいのだが、別な店を探す気力はもうない。やはり、相思相愛の恋人が欲しい。

恋人の条件は、可愛くて、話が面白くて、ご飯が美味しくて、Hが楽しいことである。その娘の役に立ちたいと思う。悦んでもらえたらいいなと思う。いつもそう思って付き合っているのだが、三年ぐらい経つと（早いと一年）、いつのまにか、終わってしまう。これからもそうなってしまうのかなと思うと、寂しい。

妻とは同学年なのだが、新婚当初から僕の方が少し若く見られた。代田橋時代は、お風呂屋のおばさんから「弟さん、外で待っているわよ」と、姉弟に思われた。鎌倉では、近所の年配のご婦人から「息子さん？」と間違われたことが三度ある。「いいえ、主人なんです」と訂正すると、相手はひどく恐縮して、あわてて謝るけれど、妻はそれほど気にしていない。年相応に見られればいいらしい。

妻が突如iPadを買ってきた。家に持ち帰り、適当に触っていた時だ。FaceTimeの画面に、しわだらけの変なおばあさんが映っている。いったい誰だろう、この人誰なんだろう、と不思議がる。もとから入っている画像なのかなと、iPadを縦にしたり横にしたり、表裏をひっくり返しているうちに、やっと、自分が映っていたことに気づく。こんなしわくちゃだったとは思わなかったらしく、これが今の自分なのかと納得したそうだ。

うちの母親も自分が見えていなかった。僕が写真を撮ると、「やだー、髪が真っ白じゃないの」「首のところがしわだらけ。あんた、写真下手ね」と言われてしまう。タクシーに一人で乗ると襲われ（犯され）ちゃうんじゃないかと本気で心配していた。おじいちゃんやおばあちゃんが集まる会館みたいなところに行けば、話相手のお友だちができて楽しいかも知れないわよ、と娘たちに勧められたときも、「年寄りくさいから嫌だ」と一度も行ったことはない。

病院に入院するときは化粧道具を持って行った。「ほお紅を塗ると顔色がいいのか悪いのかわからなくなってしまうからお化粧はしないで下さいね」と看護師さんから注意された。お医者さんに好かれたかったのだろうか。一緒に暮らしていた義姉に「色ボケしたらごめんなさいね」と語った。意識があるうちは性の欲望を抑えることはできるけれど、無意識になったら、誰だって性欲は抑えられないからだ。

白髪と陰毛

自分のコンプレックスは気になるが、他人のコンプレックスは気にならないものである。近眼だろうが老眼だろうが、目が細かろうが、背が低かろうが、髪が白かろうが、薄くなろうが、人さまのことについては、関心がない。でも、本人は気にしていて、隠そうとする。

いつごろからか、僕は白髪が目立ち始めてきた。染めても、髪は一カ月に一センチ伸びるから、半月も経てば根元が五ミリほど白くなる。それ以来、ずっと染め続けている。頭皮に薬品が付着し、さぞかし、毛根にも良くないだろうと心配している。白髪だけではなく、年齢とともに、今度は頭の中心部がじわじわと、薄くなってきた。

この先どうなるのだろう。誰もが死に向かって老いて行くのだから、しかたがないことなのだが、まだ若いです、とつい見栄を張りたくなる。年相応に、白髪が似合っていて、すごくかっこいい人がいるというのに、どうして僕は髪を黒く染めることになってしまったのだろう。自然に任せれば良かったと、いまごろ後悔している。いったい、いつまで染め続けたらいいのだろう。一度嘘をつくと最後まで嘘を貫き通すことになる。

そのうち、陰毛も白くなってきた。数年前、頭髪用の液体で染めたことがある。ところが、狸のように玉袋まで真っ黒になってしまったので、一度きりでやめた。今は剃っている。女の子に白髪の陰毛を見られるのがなんとなく恥ずかしい。

剃るといっても全部を剃るわけではない。完璧に剃ってしまうと、いかにも変態ですって感じになってしまうので（それも悪くはないが）、上の方はまだ黒いから、そのあたりは軽く残し（全体のバランスを考え）、根元付近の白い部分を剃る。なぜか、玉袋には、ふにゃふにゃの黒い毛がところどころに意味なく生えているので、そこも注意深く剃る。これはもしかして、口髭を剃るように、男のエチケットなのではないだろうか。

女の子も剃って欲しいなと思う。ネットで画像を見ると外国人女性はほとんど剃っている。砂丘か果物か蝶々のようだ。毛を剃らない日本女性は、ぼうぼうにしていると、森の中の神社、福笑い、観音様のようだ。決して悪口ではない。

なぜ国によって違いがあるのか調べてみると（信憑性に自信はないが）、アメリカやヨーロッパの女性は年頃になると、腋の毛と同様に、脱毛することが身だしなみとなっているようだ。第一の理由はその方が清潔で、汚れが付着しないからである。

腋毛を処理しているのと同じように、下の毛もつるつるにした方が清潔で、ステキなのではないだろうか。逆に腋毛は伸ばした方がいいかもしれない。何ごとも意外であることが魅力的なのだ。毛は舐めたくない。女の子は剃るとちくちくするから嫌だと言う。卓球とかトランプなどをして、「では、負けたら、罰ゲームね」などと提案する。「嫌だー」と言いながらも、剃ってくれる女の子がいい。もう、大好きになってしまう。

第三章
仲良しの秘訣

アルパカ

ペット

「よしおさんほど、性格が悪くて、わがままな人いないわね」と、妻によく言われる。たとえば、暴力団の真似をして(完全にふざけてなんだけど)、「てめえ、ぶっ殺すぞ」とか、あるいは、異常者の役を演じ、「一生恨んでやるからな」と暴言を吐くと、「他の女にも、そういう言い方するわけ?」と訊かれるので、「いや、しないよ。いい子だねーって言う」

実際そうなのだ。恋人には優しい。妻には遠慮がない。何を言っても誤解されないという安心感があるからだ。「俺、刑務所には入りたくないからさ、もし、そういうことになったら、俺の身代わりになって、君が犯人になってね」「うん、私どこでも、うまくやっていけるから」。お互い、冗談か本気かわからない。

「他の男を好きになったりしないの?」と訊くと、「全然興味ない。女の人を見てステキだなと思うことはあるけど、恋愛は考えられない」。「僕が離婚してって、頼んだらどうする?」「別れてあげるよ。でも、よしおさん、絶対、不幸になるわよ。つまらない、寂しい人生を送ることになるから。わたしをペットとして連れて行けば大丈夫だと思うけど」。すごい自信だ。何の取り柄も才能もないので、自信なんて無縁だと思っていたら、こんなところに隠れていた。

自分用に買ってきたらしいのだが、デパートの買物袋からフード付きのトレーナーを取り出し、「これ、いいでしょ」と見せてくれた。「わっ、それ、いい! 彼女に買って来てくれたの? ありがとう!」と歓んだら、「大きさ、彼女に合うかしら?」と言いながら、最初からそのつもりだったかのようにくれた。僕が好きになった女の子は妻も好きになってしまうのだ。会ったこともなく、顔も名前も知らないのに。ふたりが歓んでくれることが嬉しいらしい。「どうして?」と訊くと、「人類愛かな」と答えた。

僕と彼女との仲がどんなふうなのかを探ったりはしない。ただし、ふざけて僕が異常者になりきるように、それを真似て、変なのぞき趣味のおばちゃん役を演じることはある。「彼女と知り合って、その日のうちに、お持ち帰りか？」「いや、違うよ。明日仕事があるからって、連絡先だけ教えあったの。あのとき、すれ違わなかったら、知り合えなかっただろうな。誰かが結びつけてくれたのかな」「やり手だね」

その後、彼女とは焼き鳥屋さんに飲みに行ったり、美術館に行ったり、お正月にはお雑煮を作ってくれたり、餃子を一緒に作ったり、映画を観たり、卓球をしたり。けれど、いつか、僕の化けの皮が剝がれて、彼女が遠ざかって行ってしまうかもしれない。そのときは、老いたペットだけが残る。

社交ダンス

妻は社交ダンスを習っている。十代の頃、お姉さんと習いに行ったのがきっかけで、唯一の趣味となったらしい。本屋時代も通いたかったようだが忙しくて、六十歳近くになってようやく自分の時間が作れるようになったから、と足繁く通っている。僕は興味がない。派手な衣装と化粧で男女が抱き合い、背筋はまっすぐなのに下半身だけくっつけて踊る姿が、僕にはなんかいやらしく感じるのだ。

歳をとってから社交ダンスを始める人は、おそらく、異性に接触できるからだと思うが違うのだろうか。それが理由でも、それが理由でなくてもかまわないが、踊るときは、恋人同士のつもりになって踊るのだろうなと思う。そうでなきゃ、いい踊りはできないはずだ。

高校を卒業してから僕は少しの間、劇団に所属していたからわかるのだが、劇団は恋愛が盛んだった。音楽の場合だってそうである。狭い空間で、男女がひとつのものを作り出そうとすると、いつのまにか、愛しあうようになってゆくのは、ごく自然な成り行きである。

妻はダンスをスポーツだと思っている。たしかに身体を動かすのだから健康に良いだろう。先生が教室で生徒に教えるのは仕事であり、先生が試合に出るときは競技としてやっているそうだ。妻が恋愛に無関心なのは知っているが、つい僕はふざけたくなる。レッスンに行く時、「シャセイコウダンスに行くの？」と、何でもセックスに結びつけたがる。妻は呆れる。怒る。それでも僕はやめない。そのうち「あなたはベッドでオダンスするんでしょ」とやり返される。

スタジオの先生やダンス仲間のことを楽しそうに話す。僕は相槌を打つだけだ。もしも、ダンスを習っていなかったら家に引きこもり、つまらない女になっていたかもしれない。最近はヒップホップも習い始めた。趣味があって良かった。別居していることをダンスの先生に話したようだ。「主人の家に寄るときはお伺いを立てないと入れないんです」「ご主人に若い恋人がいて、そのことに嫉妬したり、怒ったりしないんですか？」「全然大丈夫です」「どうして？」と先生が不思議がるので、「好きだから！」と答えたら、大笑いされたそうだ。

そういえば、うちの母親も六十歳前後で社交ダンスを習い始めたのをふと思い出した。どうして急に習うことになったのかよく知らない。もしかしたら、父の浮気が発覚したからなのだろうか。一度、浮気があったらしいのだが、僕はよく知らない。何かしら理由はあったのだろうなと今は思う。マンボとかジルバのレコードをかけるために、茶の間に母が買った小型のプレイヤーがあった。一九六四年、僕はそのプレイヤーにビートルズの赤盤《Meet the Beatles》をのせて聴いていた。

お茶する習慣がない

今はカフェと言って、喫茶店と言わないのかもしれないが、喫茶店へ行く習慣がほとんどなくなってしまった。たばこを吸わなくなったし、コーヒーを飲む習慣もなくなってしまった。ケーキを食べたいわけでもないし、音楽を聴くこともない、外で本を読んだり物思いにふける習慣もないから、誰かと打ち合わせをする時ぐらいしか、まず、喫茶店は利用しない。待ち合わせだけなら、本屋でもいいし、駅の改札口でもいい。

お茶する習慣がないため、女の子から呆れられたことがあった。女の子の仕事帰りに、待ち合わせをして、買い物をする約束をしたときだ。混んでいるところは好きじゃないと聞いていたから、早く買い物を済ませた方が良いと思い、僕は先に来て、店内の良さそうなものを下調べしておいたのだ。彼女が店に現れてすぐに、「これどう？　あっちとこっちどっちがいい？」と、やつぎばやに訊いたら、「もう疲れてんだから、わからないわよ。休ませてよ！」と、ひどく、怒られてしまった。

僕はうなだれ、「じゃ、休んでからにしようか。どこか、いい喫茶店あるかな」とつぶやく。彼女は押し黙ったまま歩いている。そのうち口を利いてくれた。「あのビルの中に無印良品の喫茶室がある」「うん、そこにしよう」。はしゃぎすぎ、喋りすぎ、疲れさせてしまったようだ。僕は意識して喋らないようにして、ただただ、彼女のあとを付いて行くことにした。お店には大きな机があり、ゆったりとしたソファがいくつもあって、空《す》いていた。こういう店は好きだ。広々としていて、清潔で、シンプルで、おしゃれだ。お茶を飲んで一休みできたので、やっと彼女のご機嫌も直った。

昔、家内とデパートへ買物に行ったときだ。服を見終わったあと、僕は食器売り場にも寄って、何かいいのないかなと見たくなる。ところが家内は、食器にはまったく興味がない。エスカレーターのそばにある休憩用の椅子に座り、「私、ここで待ってますから」と言う。普通、夫婦だったら一緒に選ぶと思うのだが、必ず、別行動になってしまう。唯一共通していることは、ふたりとも、お茶する習慣がないことだ。若いころからデイトというものもほとんどしたことがなくて、喫茶店やレストランには縁がない。旅行もないに等しい。

本屋を営んでいたとき、めったに休みはなかったけれど、休みをとって、映画を見に行くことになった。竹中直人監督『無能の人』が封切りになったときである。映画館に映画を観に行くなんて、いったい何年ぶりだろう。昔、映画館というのは、入れ替え制ではなく、いつでも入場ができて、途中から観てもいいし、途中から観たくない場合は、劇場内の長いすで待つこともできた（それとも、そういう映画館しか僕は行ったことがなかったのだろうか）。とにかく、そういう記憶しかない。

映画館の長いすで何か食べればいいね、とデパートの食料品売り場で買い求めたお惣菜を食べようとしたのだ。ところが、入れ替え制になっていて時間にならないと入れないことをそこで初めて知った。どうしようかとウロウロした末、しかたがないので、どこかのビルのエスカレーターのわきにあった石の椅子（椅子ではなく、もしかしたらオブジェだったような気がする）に座って、食べることにした。渋谷のど真ん中で、そんなことをしている人を見かけたことはない。もしも見かけたとしたら、田舎から初めて東京へ出てきたおじいさんとおばあさんだろう。「ここで食べるのよした方がいいんじゃない」とおじいさんが言うと、おばあさんは「平気よ」と言って、ワンカップ菊水のお酒を開けた。

母の病院の見舞いに行った帰りも、お茶の水駅のそばにある小さな公園のベンチで、お弁当を食べた。ブランコ、すべり台、砂場、公衆便所が見えた。僕たちの身なりは、それほど、みすぼらしくはなかったと思うが、ホームレスがお弁当を食べているふうだった。このときも僕は「えっ、ここで食べるの？」と抵抗はあったのだが、おばあさんは、お稲荷さんをすでに頬張っていた。

年寄りは同じ話をくりかえす

うちには、僕と同い年のばあやがいるのだけど、そのばあやが何度も同じ話をくりかえすのだ。もう聞いた話なのに、まるで初めて喋るかのように、「それでね、えーとね、それでね、あのー、こうなんだって」と、おまけに、話が下手で、途中に「えーと」や「あのー」が入り、妙な間もあるから、話が長い。時折、主語が抜けていて、誰が誰に言ったセリフなのかがわからなくなってくる。邪険にするのもなんだから、しばらくは聞いてあげるのだが、いいかげん、勘弁してほしいときは、「それ、五回聞いた」と忠告する。すると反省はなく、「あっ、そ」と言うだけで、また、時間が経つと、別な話題を持ちかけるのだ。それもまた聞いた話である。友だちがいないせいか、痴呆症になりつつあるのか、なにしろ、話題が少ない。

年を取るとみんな同じ話をくりかえす。どこの家庭でもたぶんそうなのではないか。そのたびに、年寄りは若者から、「その話聞いた」「何度も言わないで」「うるさい」と怒られている。そういう若者もやがて年をとれば、何度も同じ話をくりかえし、子や孫から、同じ注意を受けることになるのだが、今は不愉快でしょうがない。どうして年寄りは同じ話をしてしまうのだろう。この話は、誰かに喋ったような気もするけれど、この人には喋っていないだろうと思うからだろうか。僕も「それ聞いた」と言われるのがつらいから、「この話、したかも知れないけれど」と前置きをして喋る場合がある。「僕も同じこと喋る?」と訊くと、「酔うとね。いつも以上にくどくなって、同じこと喋る。若い時からそうよ」と言われてしまった。

久しぶりに実家に帰ってお母さんに逢うのを楽しみにしている女の子がいた。しかし、逢うとつい喧嘩してしまうと言う。「どういうことで喧嘩するの?」と訊くと、「だって、お母さん、同じこと喋るんだもの。それ、もう聞いたって言うと、いいじゃない、喋りたいんだもの、って、それで言いあいになるの」。すぐに仲直りするようなのだが、そんなささいなことで、しばらく口を利かなくなる時があるそうだ。せっかく、久しぶりに逢うのだから、喧嘩しない方がいいのになと僕は思う。「今回はどうだった？　喧嘩しなかった？」「うん、しそうになったけどしなかった。また、同じこと喋るから、その話聞いたよって言ったら、いいじゃないの、同じこと喋ったって、お母さん喋りたいんだものと言うから、『いいよ』って答えた」

偏屈

僕がどのくらい偏屈かと言うと、結婚式はせず新婚旅行も行かず指輪もあげなかった。花束を贈ったこともなければ甘い言葉をささやいたこともない。「最初にプロポーズしてくれた人と私は結婚する」という妻の言葉の罠に僕がはまってしまっただけだ。

妻の実家に出向いたのは義父が亡くなったときだけで、結納を渡しに行ったのは長兄で、婚姻届けを提出してくれたのは父だったから、結婚記念日がいつなのか知らない。それだけではなく、娘がふたりいるのだけど、結婚式に出席しなかった。相手の親に会ったことがない。と言うと、みんな黙ってしまう。

礼儀を欠いていることはわかっているから、人から礼儀を欠かれても一向に気にならない。死んでもみんなに知らせないで欲しいと伝えてあるから、葬式はしない。冠婚葬祭は苦手だ。お店などで、突然「♪ハッピー・バースデー・トゥ・ユー」の合唱が聴こえてくる光景でさえ、恥ずかしくて直視できない。「僕、あした誕生日」と言ったことはないから、当然、プレゼントをもらう習慣はない。ものはいらないけれど、その日、たまたま逢った人ぐらいから「おめでとう」と声をかけられるのは悪くない。

偏屈なのはわかっているが、自分がされたくないことは、人にしないつもりで生きてきた。しかし、長く生きていれば、数々の失敗があり、失礼なことや迷惑をかけたことも、きっとあっただろうと思う。いまさら謝るのも変だから、反省と自戒しかない。

近所の人との挨拶は消極的ではあるが普通にしている。仕事においては現場で仮に嫌なことが起きても怒ったことはない。もっとも、佐久間正英さんから「わがまま」と指摘されたことがあるくらいだから、自分だけが「つもり」になっているだけで、わがままも怒りも、隠れていないのかもしれない。

偏屈なのは、おもに家庭内においてだけである。ならば、さぞかし、家庭では嫌われ、険悪なムードだと思われるかもしれないが、それほど嫌われてはいないのではないだろうか（たぶん）。子供たちとは、ここ一、二年、逢ってはいないが、メールでやりとりをしている。この間も羽田空港から娘に、「沖縄行きの搭乗口で待ってるんだけど、どうして来ないの？　遅れそうですかー？　あっ！　どうして来ないのかと思ったら、誘うの忘れてたよ」とふざけたりする。

一番ひどい話は、小さい頃、下の子が「どうして、お姉ちゃんばかり可愛がるの？」と不満を漏らしたので、「だってしょうがないじゃん、お姉ちゃんの方が可愛いんだもの」と真顔で答えたら、ものすごく怒られた。傷つけてしまったようだ。いまだに次女はその気持ちが拭えないらしい。言葉なんかどうでもいいのだ、言葉を信用してはいけないんだよということを教育したかったけれど、あまりに冗談がきつすぎて、伝わらなかった。でも一度も非行には走っていない（たぶん）。

あるとき、髪の毛だったか服装のことで注意したら、「パパから言われたくない。

干渉しないで！」と怒られたので、それ以来「ならいいよ」という気持ちになり、僕は何も注意しなくなった。お互い干渉しない間柄になった。僕が恋人と歩いていると
ころとばったり出会っても、「パパ不潔」などとは言われないし、「どうしてあんな可
愛い子と付き合えるの」と嬉しいことを言ってくれる。娘が誰とくっつこうが離れよ
うが、僕もただ見ているだけだ。

子どもは小さいときは可愛い。僕も最初はよく写真を撮った。おっちょちょいのポ
ンをしたり、ヒコーキもした。ところが、だんだん生意気になり可愛くなくなる。よ
く、結婚は望んでいないけど、子どもだけは欲しいという女性を見かけるが、子ども
よりも犬や猫の方がいいんじゃないかなと僕は思っている。他人の家庭は、みんなう
まくいっているように映るけれど、みんなそれぞれ事情があって、何かしら問題を抱
えていたりする。人はさまざまだ。のぞき趣味は持たず、お互いが干渉しないで、笑
いあって生活できたらいい。

「どうでもいいことは流行に従い、重大なことは道徳に従い、芸術のことは自分に従

う」という小津安二郎の言葉を僕はモットーにしているのだけど、みんなからは、そう思われていないかもしれない。

第四章
間違っているかもしれないけれど

鳥取砂丘

見えないものは見えない

ものごとがうまく行かなかったとき、まいったなと落ち込むのが普通だけど、あとあとになって考えてみると、あれで良かったのかもしれないと思うことがある。不合格だったから別な道が開けたのであり、別れがあったから新しい人と出会えたのであり、風邪で休んだから大病を防げたのかもしれない。もしもうまく行っていたら、とんでもないことが起きていたかもしれない。それらはすべてわからないことだけれど、そう思えば、運命はどう転んでもどっちだっていいことになる。

本屋時代、『ノストラダムスの大予言』(五島勉著・祥伝社一九七三年)という本が大ベストセラーになった。「一九九九年七の月に人類が滅亡する」という内容だ。続編も発行され五百万部ぐらい売れたのではないだろうか。文部省推薦の映画まで作られたが、僕はまったく興味がなかった。人類が滅亡しても一瞬なら怖くない。自分だけ一人選ばれて殺されるのは嫌だけれど。

案の定、一九九九年七月、人類は滅亡しなかった。よく、「あの人の予言当たるのよ」というセリフを聞くが、そんなに当たるのなら、さぞかし、株や宝くじで億万長者になっているだろう。自分が得をするようなことは当てられないんですと言うのなら、大事件や大災害を予言して、前もってその地域の人たちを避難させてあげてほしい。姓名判断や星占いや手相や家相やおみくじなどによれば、人それぞれ運不運があるはずなのに、どうして飛行機事故や大災害でいっせいに多くの人たちが同じ運命で亡くなってしまうのだろうか。それが不思議でならない。

科学で解明できないものはいっさい信じない、というわけではない。たましいがどこにあるのかわからないのに、たましいは存在しているのだから、見えないものがあるということはわかる。超能力者と呼べばいいのであろうか、念力でものを動かしたり、見えないものが見えてしまう人はいるかもしれない。不安におびえ、頼るところがない人にとっては、その力は救いとなるだろう。心安らぐなら、なんら問題はない。

僕が日本人として生まれてきたのは運命だった。実はこれから先の運命もすでに決まっていて、知らないのは僕だけで、ただそのレールの上を歩いているだけなのかもしれない。あなたの前世は何々ですと答えてくれる人はいるけれど、昨日僕が何をしていたかを当てることはできない。死後の世界はこうなっていますと説いてくれる人はいるかもしれないけれど、明日、僕が何をしているか、何を考えているかを当てることはできない。見えないものは見えない。

音は沈黙によって支えられている

どうしたら歌が作れますかと訊かれ、「いっさい、音楽を聴かなければ作れるようになります」と、すまーして答えたことがある。すると、それを実践した人から、本当に曲が湧いてきましたと感謝されたことがある。たしかに、それは一理ある。音楽をたくさん聴けば作詞作曲家になれるわけではないからだ。

歳とともに、僕はここ数年、だんだんと新曲ができなくなってしまった。感受性は変わっていないと思うのだが、生命力の衰えなのかもしれない。昔は思ったことを何も気にせず、ぱっと出していた。今はいろいろと考えてしまう。「このことはすでに歌ったことがある」、「このコード展開は一度使ったことがある」。新しいものが出てこないのだ。そんな話を佐久間正英さんに伝えると、「同じ内容でいいんだよ。毎回、違う人に『好きだ』って歌えばいいじゃないか」と教えてくれた。

誰もがそうだと思うけれど、新曲ができてもだいたい同じような調子だ。同じ人が同じ声で同じ楽器で演奏をすると、全曲同じように聴こえてきてしまうのは自然なことである。新たなる発見なり、別なことを言いたくなったわけでもないのなら、無理して新曲を作る必要はないのではないだろうか。前作よりいいものを作らねば作る意味はないのではないか。美味しいものは変わらぬ味でありたい。自分の今の気持ちを歌に乗せて歌うことができれば、歌い続けられる。歌は育ってゆくのだ。

昔、「形に出たものは、形にあらわすことができないものの、たかが効果音である」(『ラブ・ゼネレーション』一九七二年)と書き記したことがある。のちに、「言われていることは、言われていないことによって、言われている」(池田晶子著『新・考えるヒント』二〇〇四年)という言葉に出合い、納得した。音は沈黙によって支えられているのだ。人はみな大好きな人たちのたましいによって支えられている。

間違っているかも知れないけれど

「笑えること、感動すること、Hなこと、それ以外に興味はありません」と言い続けてきた。同じかもしれないが、最近は、「美味しい、楽しい、気持ちいい」、この三つがあればいい。実際、この他に何があるというのだろう。思い浮かばない。もちろん、世の中には大変な問題が起きて、いろいろな事情でそれどころではない場合がある。しかし、どんな状況になろうとも、ほんの些細な、小さなことでもいいから、「美味しい、楽しい、気持ちいい」を追い求め、それを歓びとしていくことが大切なような気がする。と同時に、「自分がされたくないことは人にしない」をモットーにすれば、あまり嫌な事件は起きないと思うのだが、甘いだろうか。

僕は自分のことで精一杯で、世界の大問題を議論するのは苦手だ。根本的なことがわかっていないということもあるが、自分の周り半径一〇メートルぐらいで起きた出来事ぐらいしか対処のしようがない。遠い国で飢えている子どもがいますという実情を知らされても、繁華街の路上で寄付をしようという気は起こらない。したい人はする。したくない人はしない。それだけのことだ。

年末に「流行語大賞」というのが発表される。今年は何だったか忘れたが、その言葉を知らされたとき、「ふ〜ん」と思った。そのうち、あの人がギャグで使っているんだよと教わったが、何が面白いのかさっぱりわからなかった。流行りの歌も今話題になっている有名人の名も知らない。世の中の流れから遠く離れたところにいる。「今年の流行色は〇〇なんだって」と話題の少ない家内が言う。「そんなこと俺にいちいち言うなよ。関係ないじゃないか。バッカじゃないの」と僕は怒る。それを毎年繰り返している。

東京オリンピックが二〇二〇年に行われるそうだが興味がない。一九六四年の東京オリンピックのときもそうだった。日本中が日本を応援しているとき、どの国の選手が勝とうが、どちらでもよかった。昔々、プロレス中継で力道山が外人相手に闘っているときからそうだった。テレビを囲んでみんなが外国人を仮想の敵として日本を応援しているとき、心の中で「日本負けろ」と思っていた。ひねくれている。後年、色川武大のエッセイを読んでいると、たしか、同じような意味あいのことが書かれてあったので、ほっとした。

深沢七郎は「東京の人口は五十人ぐらいになればよい。二人以上子供を産む人は死刑である」と語っていた。心で思うことは誰にも止められない。強制できない。人に迷惑をかけなければ自由である。ところが、世の中には、そういう変人を認めない人もいる。変人扱いをしても構わないけれど、けしからんと怒るすじあいのものではない。宗教を信じても信じなくてもいい。東京生まれなのに、アンチ巨人はいる。自由である。

一九六四年の東京オリンピックに興味はなかったが、マラソンで銅メダルを獲得し、次のメキシコ大会に金メダルを期待された円谷幸吉が、「父上様　母上様　三日とろ、美味しうございました。干し柿、もちも美味しうございました」という遺書を残して自殺したことには衝撃を受けた。この遺書を超える詩や歌を、僕は知らない。

五十年前、僕はビートルズの影響で髪を背中まで伸ばしていた。一九六六年頃である。今では考えられないことだが、公立校ではエレキギターが禁止だった。町を歩いていると、右翼系の学生から、髪が長いので脅かされた。飲み屋ではサラリーマンから「君はどういう思想があって、伸ばしてるんだい？」と絡まれた。他人のことなど、どうでもいいと思っているのに、異質であることが、規律を乱すようで、納得が行かないのだろう。差別の始まりである。すると僕の友だちが「仕事のために伸ばしているんですよ。仕事のために伸ばせないでいる人と同じです」と答えてくれた。

何かが欠けている人は

知的障害の子を抱えた母親が尼さんのところに相談に来ていた。相談者は、生まれたばかりのときは、悲しみにくれていたけれど、育てて行くうちに、この子から学ぶことがたくさんあって今では感謝しているんですと話していた。すると尼さんは、「障害を持って生まれてきた子は、人間の中でいちばん神や仏に近い存在なのです」と答えたので、はっとした。優れた能力を持っている人は何かが欠けていて、何かが欠けている人は、きっと、どこかに飛び抜けた能力を持っているのだ。

昭和二十二年、僕は七人兄弟の末っ子として生まれた（実際は生まれてすぐ亡くなってしまった子がいて八人兄弟らしい）。「産めよ増やせよ国のため」の時代だった。娯楽も少なかったから、母親の話によると、「お父さんは、とってもつおくて」、本来ならば、子宮を休ませたいのに、すぐ、子どもができてしまったと言う。

二歳年上の兄はヤギのお乳を飲んで育った。僕のときは、ヤギが盗まれてしまったので、母乳代わりにお米のとぎ汁を飲まされた。本当の話だったのか冗談なのかわからない。そんな話を兄弟全員が集まったときによく聞かされた。だから、よっちゃんは体が弱い、頭が悪い、偏屈なのはそのせいだと言われた。それならば、自分でも納得が行く。二歳年上の兄は身長一八〇センチ、病気をしたことがない。精神も健康だ。風邪をひいても一晩寝れば治ってしまうという。

自分でも思う。僕はどうも性格的におかしいところがある。異常といってもいいかもしれない。原因は、赤ちゃんのときの、お米のとぎ汁だった。栄養が足りなかった。小さいころは泣き虫で、かんしゃくもちだったらしい。兄や姉たちは、父の言うことを聞いて大人になって行ったのに、僕だけ父に反発し、家出をしたり反抗してきた。父親と喧嘩をしなくなったのは、本屋を開いたあたりからだ。それでも結婚した家庭内では、自分の思い通りにならないと、急に腹を立てることがよくあった。

性格というのは直らないのではないだろうか。わざとこういう性格になったわけではない。体に障害を持って生まれてきた人と同じように、精神に障害を持って生まれてきた人と同じように、性格に障害を持って生まれてきたとも考えられる。アルコール依存症やセックス依存症や、たとえばスカートの中を盗撮してしまう人や大嘘つきなど、たとえ、後天的なことであっても、何かしらの原因の種がもともとあって、それが育ってしまったのかもしれない。わざと、性同一性障害として生まれてきたわけではないように、わざとスカートの中を盗撮しているのではない。もう、治らないのである。そういう人は、人に迷惑をかけないよう、犯罪者にならないよう、その趣味を生かす仕事につくしか道はない。

誰だって欠けているのだ。それが個性なのだ。その個性を自慢するのではなく、自分は異常なのではないか変態なのではないかと苦しみ抜き、普通な生活を目指してゆくことがステキなのであり、普遍性をもった作品を作り出してゆくことがいちばん芸術に近いような気がする。

プレゼントのむずかしさ

プレゼントを渡すのも受け取るのも苦手である。上手な人もいるけれど、僕はだめだ。小さい頃から、誕生日を祝う習慣がなかったからかもしれない。プレゼントだけでなく、旅行のお土産を選ぶのも簡単に行かない。日もちするお菓子は、さぞかし防腐剤が入っているだろうなとか、これは東京でも売っているだろうなと考えてしまい、迷っているうちに、もう、なくてもいいやという気持ちになってしまう。

お中元、お歳暮、結婚祝い、出産祝い、入学祝い、新築祝い、お見舞い、お香典、お布施など、僕は縁のないところで暮らしているから、どうのこうの言う権利はない。たとえば、元野球監督が「あいつは、俺に世話になったのに、お中元、お歳暮を持って来ない。そういう礼儀知らずは駄目だ」なんていうセリフを聞くと、ああ、嫌だなと思う。ものを届けるのが礼儀で、ものを渡さないのは礼儀知らずなのだろうか。プレゼントは要求するものではない。しかし、言葉は言葉通りに受け取ってはいけない。元野球監督は、きっと寂しかったのだ。「可愛いあいつ」だったのかもしれない。

母親から、「よっちゃんに似合うと思って買ってきた」とズボンやセーターをもらうことがよくあった。嘘がつけない僕は、「こんなの嫌だよ」と試着して脱いでしまう。母はがっかりする。そんなことが何度もあったので、僕がもしも誰かにプレゼントしたいと思っても、相手に気に入ってもらえるかどうかがとても心配になる。気に入らなかったら、意味がないし、もったいなく思う。プレゼントしたいときは、一緒に買い物に行けたらいい。

宝くじは買ったことがない。麻雀・パチンコ・競馬類の賭けごとはしない。運の要素が多いものほど好きになれない。確率の低いものには手を出さない。お正月、福袋というのがある。あれを買う気はしない。定価以上のものが入っているらしいが、何が入っているのかわからないなんて、考えられない。自分にとって気に入らないもの、必要としていないものだったら、たとえ高価なものであっても、無駄である。店側は売れ残った商品を入れているはずだと考える僕には、福袋の人気がどうしてもわからない。

チップを渡す習慣がある国へは、あまり行きたくない。ケチで言っているのではない。それならば、最初からチップを含んだ料金設定になっていればいいのにと思う。荷物を持ってくれた人にポケットからチップを渡す行為は、偉そうで好きになれない。僕はきっと何かが欠けている。どこかがおかしい。それはわかっている。

バレンタインデーの義理チョコという習慣も困ったものだ。義理などという名前がついていること自体、失礼である。ところが、世の中には義理でもいいからチョコをもらいたいという男性がいるから妙である。『米原万里の「愛の法則」』（集英社新書）によれば、女は男を「Aぜひ寝てみたい、Bまあ寝てもいいかな、C絶対寝たくない」の三種類に分けているそうだ。著者はCが九〇％強占めているようだけど。角田光代・穂村弘『異性』（河出文庫）でも、「初めて会ってから3分以内に、その人と恋人になれるか、友人がいいか、それ以下か、というクラス分けは決まります。一度決まったクラスが、その後のつきあいで変わることってまずないですね」という話が紹介されていた。ならば、チョコはＡクラスの人だけに渡すルールであってほしい。

一度信じたら信じ通す

ある人（Aさん）の作品なり、感性なり、考え方がいいなと思い、好きというかファンというか慕っていたくらいなのに、何年か経ち、Aさんが自分とは違うイメージ、考え方、行動を取ったとき、Aさんは変わってしまった、駄目になったと、非難する人がいるけれど、僕は違う。変だなと思ったら考える。それでも、わからないときは黙っている。理解できないのは、自分が未熟なせいかも知れない。変わってしまったのは自分の方かも知れないのだ。

あの時代のAさんは良かったけれど、最近のAさんは堕落しただなんて、偉そうに評価するほど、僕は偉くない。尊敬していた人を貶《けな》せば、まるで自分が賢くなったみたいであるが、錯覚だ。人は変わらない、変われない。もしも、本当におかしい、嫌になってしまったなら、それは、Aさんが駄目になったのではなく、Aさんの変な部分を最初の時点で見抜くことができなかった自分の直感なり勘がひどく鈍かったのである。反省すべきは自分にある。

吉本隆明の代表的な著作を僕は読んでいないけれど、時折見かける、ちょっとした発言に、この人はすごい、信じられると思った。一九八四年、佐川一政『霧の中』（話の特集）が発表された。佐川一政が起こしたパリ人肉事件は許しがたいとんでもない事件である。精神鑑定の結果、刑事責任は問われなかったことについて納得できないが、『霧の中』という小説に関しては僕は衝撃を受け、作品として優れていると思った。誰もこの作品について触れたがらないだろうと思っていたが、唯一、吉本隆明が『霧の中』を認める書評を書いていた。それを読んで、この人は僕と同じ感性だと勝手に思った。

「文句なしにいい作品というのは、そこに表現されている心の動きや人間関係というのが、俺だけにしかわからない、と読者に思わせる作品です。この人の書く、こういうことは俺だけにしかわからない、と思わせたら、それは第一級の作家だと思います」（『真贋』講談社文庫）と吉本隆明は語っている。もちろん、これは佐川一政に対してではなく、文学一般において、おそらく、夏目漱石や太宰治の作品について語っているのだと思うが、『霧の中』を認めたことと、少しは繋がっていると思う。

その後、吉本隆明がオウム真理教の麻原彰晃を宗教家として認めているような発言をしたとき、僕はひどく首をかしげた。車谷長吉が小説の中で、「こういう手合いは東京市中引き回しの上、磔獄門にしたらよいのである」という感情と同じだったからだ。しかし、首をかしげただけで、吉本さんはおかしいと断定したりはしない。感性が同じだと思っていた人をそう簡単にひっくり返すものではない。人と人は1から100まですべて同じであるはずはない。思考回路や発想の出所が違うのかもしれない。受け取り方が間違っているのかもしれない。所詮、言葉は枝葉であり、言葉に表せない場所で深く繋がることができるかどうかだ。

僕は世の中の大問題について話す能力はまったく持ち合わせていないし、主張したいことは何もないが、原発事故が起きてから、多くの人たちが反原発、脱原発を口にした。どうして、原子力発電所が建設され稼動し始めた時点で猛反対しなかったのだろうとふと思う。

吉本隆明『「反原発」異論』(論創社、二〇一五年)が出版された。多くの読者を失っても、考え方を変えない。孤立しても、「元個人」としての意見を述べる。小林秀雄の「インテリを嫌う」声が聴こえてくる。「責任なんか取れないものばっかり、人は言うんです。わーわーわーわー。」「信ずるっていうのは責任をとることです。」「集団というのは責任をとりませんからね。どこへでも押しかけますよ。自分が正しいといって」(『信ずることと考えること』新潮社ＣＤ)

誰だって得をしたい

東海林さだおに『誰だってズルしたい！』（文春文庫）という本がある。たしかに、そうかも知れない。いや、「ズルしたい」わけではないけれど、みんな「得をしたい」とは思っている。「損をしたい」と思っている人はいない。二村ヒトシ著『すべてはモテるためである』（文庫ぎんが堂）という題名と同じように、「誰だって得をしたい」は合っている。

一人暮らしを始めるようになって、食料品や日用品を自分で買うようになった。気づいたことは、店によって、日によって、値段が違うのである。野菜の値段が違うのは、その日の収穫量の問題だから仕方がないが、ヨーグルトの値段が百六十円だったり、百十円だったりする。えらい違いだ。安い値段を知ってしまうと、高いときに買うのがなんだかバカらしくなる。

スーパーによっては、ポイント五倍、十倍セールの日がある。ビンゴカードを渡され、今月は、この日とこの日に千円以上買うとハンコを押してくれて、そのハンコが縦横一列キレイに並んだら、二百五十ポイント差し上げますというのがある。一時、ハマってしまった。どうせ買物に出かけるのなら、ビンゴの日に買いに行こうと。そのうち、一カ月二百五十円のために、日にちを選んで買いに行くことが面倒になり、俺、こんなことしている場合じゃないんだよと、止めてしまった。

天ぷら屋さんでは、天ぷらをテイクアウトすると、次回の時に使える、「いか一品無料券」「さつまいも、なす、かぼちゃ、まいたけ、れんこん無料券」を手渡される。有効期限があるので、そろそろ買いに行かないと、券が無駄になってしまう。

薬局では、「一〇％割引券」を渡される。ならば、常備薬の「アスコルビン酸」「エビオス錠」は割引券をもらったとき買いに行こうと計画を立てる。これも鬱陶しい。値段を変えずに、毎日が一〇％引きになっていたらいいのにと思う。

小さな買物でもそうなってしまうのだから、大きな買物ではもっとそうなる。同じ商品なら、価格が安い方がいいに決まっている。Amazon や楽天や価格.com やヨドバシ・ドット・コムを見比べる。いい商品をどこよりも安く買えたとき、ちょっと満足感を味わえる。旅に出るときもそうだ。飛行機のチケットやホテルを予約する場合、早い方が安いし、タイミングもある。どこから購入するかによっても価格が違う。もう、疲れる。

チャコとたまちゃん

人の活躍が妬ましく思えたら

流行にすっかり疎くなってきたため、何が流行っているのかよくわからない。名も知らぬ人がものすごく有名だったりして、びっくりすることがある。いや、びっくりはしないけれど、「へー」と思う。数年前、女の子から「ＡＫＢって知ってる？」と訊かれたので、「知ってるよ。秋葉原の踊り子さんでしょ」と答えたら、「踊り子？」と呆れかえられてしまった。

大きな舞台に立ちたいという夢を持っている音楽仲間はたまにいるが、僕はずいぶん前からあきらめていて考えていない。数十人ぐらいの会場がなんとなくいっぱいになれば十分満足である。人を羨む気持ちもかつてはあったかもしれないがすっかり薄れてきた。それぞれ違う歌を歌っているのだ。いい歌を歌っているか、好むか好まぬか、その人を好きになれるかどうかだけである。作品の価値は「自分と戯れているか、それとも自己と闘っているか」（小林秀雄）で決まる。

仕事を依頼されて、受ける場合はなんの問題もないが、断る場合が難しい。なるべくなら、相手に不快な印象を持たれたくないからだ。たとえば、「スケジュールの都合で」と答えれば、普通はそこで終わるのだが、「ならばいつならいいでしょうか」と食い下がられるとややこしい。ゆえに、僕が誰かに何かを依頼する場合、「都合が悪いときはご遠慮なくおっしゃってください」と付け加える。みんな事情があるのだ。しかたなくだとうまくいかない。仕事も恋愛も同じである。

友だちは少ないが、共演できる仲間はいる。受け入れてくれるライブハウスもある。お店から呼ばれることもある。音楽を商売としていない、いわゆる一般の方がライブを企画してくれる場合だってある。遠いところから駆け付けてくれる人もいる。たとえ、観客数が少なくとも、じっと聴き入ってくれる人がいる。ありがたい。

どうして人の活躍を妬ましく思ってしまうことがあるのだろう。嫉妬は醜い。心が汚れていく。つまりは、自惚れているのだ。古今亭志ん生（五代目）の言葉を脳裏に焼き付けなければいけない。

「他人の芸を見て、あいつは下手だなと思ったら、そいつは自分と同じくらい。同じくらいだなと思ったら、かなり上。うまいなあと感じたら、とてつもなく先へ行っている」

ついそれを忘れて、自分のレベルを勝手に一段か二段上に置いてしまう。いつも自分は最低のランクだと思っていれば、人を妬むことも、自惚れることもない。事実、僕は最低の男なのだ。

評判が気になる

「団塊の世代」を「だんこん」と読み間違えたので、びっくりした。僕も頭が悪くて世間知らずだけど、まさか、自分たちの世代のことを「だんこん」と妻が言うとは思わなかった。「もう、いっさい人と喋っちゃ駄目」と注意した。

娘もひどい。英会話教室に通っていたときの話だ。「あなたの誕生日は何月何日ですか」と先生から英語で質問され英語で答える。八月八日生まれの娘はさんざん考えたあげく、「エイト・イズ・エイト」と答えたそうだ。二十歳を越してからの話である。

「かっこいいことはなんてかっこ悪いんだろう」と思ったのは、四十二年ほど前のこと。今は、「かっこいいことはかっこ良くて、かっこ悪いことはかっこ悪い」と思っていますよ。

とツイッターに僕がつぶやいたのは、二〇一一年十月十七日のことであった。ツイートした途端、あれよあれよという間に、最終的には、リツイート数890、お気に入り数423にふくれあがった。「そんなバカな」という反応と、「よくぞ言ってくれた」という意見が半々あった。

どちらでもいい。言葉は言葉通りに捉えるのではなく、何を言わんとしているのかを感じ取るのがいい。「好きだよ」と言っても、「嫌いだよ」と言っても、「ワンワン」と吠えても、好きな気持ちを伝えることはできる。想いは言葉を超えて伝わってゆく。

自分の評判が気になる。本を出せば売れ行きが気になり、ライブをやればお客さんの入りが気になる。スポーツと違って音楽に勝敗はないのだけれど、数値や評判がちよっと気になる。

もともと、アンケートが好きで、本屋時代も「どのジャンルの棚を増やして欲しいですか」などとアンケートを取ったりしていた。回答を読むのが楽しい。恥ずかしいことに、時折ツイッターで「早川義夫」を検索することがある。良いことが書かれてあると、わかってくれる人がいるんだなと素直に嬉しくなり、ひとつひとつリツイートしたくなるが、自分を宣伝するのは、あまりみっともいいことではないから、そっと「お気に入り」に入れる。

本来なら、自分がどのように評価されようがいっさい気にせず、たとえ褒められようが貶されようがいちいち惑わされず、思ったまま行動して行くのが潔い。かっこいい。人の意見や感想が気になるのは自信がないからだ。とも言えるが、ひとりよがりになってしまう場合もあるから、まずい部分に気づいたら直してゆこうという聞く耳を持っているとも言える。

一所懸命やっての結果、評判が悪かったなら、あきらめもつく。実力だからだ。恋愛も同じである。相手の気持ちを考えず、いい加減だったがために、結果ふられてしまったら後悔するだろうけれど、自分なりに一所懸命やったのに、相手が離れて行ってしまったのなら、それはもうしょうがないことだ。悔やむ必要はない。自分がよっぽど気持ち悪かったのか、相手がバカかのどっちかである。

数年前《恥ずかしい僕の人生》というアルバムを出した時、ある音楽雑誌で紹介してくれたのはよかったが、ひどく汚らしいコメントを付けた音楽評論家がいた。音楽的評価ではなく、悪意か嫉妬にしか感じられなかった。週刊誌でも書かれたことがある。内容は忘れてしまったがあまり良く書かれていなかった。気に入らなければ取り上げないで無視してくれればいいのに。人のことより自分の心を掘り下げてゆくのが評論なのに。

「嫌な奴からは嫌われ、いい人からは好かれる。それが正解。類は友を呼ぶ」という歌詞で曲を付けようとしたができなかった。のちに、〈批評家は何を生み出している のでしょうか〉という歌が生まれたのでやっと気が晴れた。「批評というのは、何を語ろうが、実は対象物のことではなく、作品の鏡に写ったあなた自身が映し出されているのですよ」ということを伝えたかった。

吉本隆明は話す。「何か、自分の思っている自己評価より高く見られるようなことだったら嫌だけど、出鱈目なこととか、低く見られることならいいんだってのがこっちの原則なんで」（『悪人正機』糸井重里共著、新潮文庫）。一瞬僕は戸惑ったが、だんだんわかるようになった。評価が悪かったり、訳の分からぬことを言われたり、誤解を受けている間は、むしろ、やりがいがあるというものだ。

作品を語るなら、その言葉が作品になっていなければならない。文学を論ずるなら、その思想が文学になっていなければならない。音楽を批評するなら、その論評が音楽になっていなければならない。

第五章
普通が素晴らしい

しだれ梅（東慶寺）

音楽をやっている人は音楽を聴かない

ある地方のライブハウスから呼ばれて歌いに行ったときのことだ。歌い終わったら、スピーカーから僕と同じタイプの人の歌がBGMで流れてきた。同じタイプといっても僕からすれば違うのだけど、大雑把に分類すれば同じに思われている。その歌声を聴きながら、別に僕が歌いに行く必要なんかなかったのではないかという気分になってしまった。

たとえば、ある女性歌手が歌い終わったときに、同じタイプの女性歌手のBGMが流れてきたら、それまでステージで歌っていた女性歌手はどう思うだろう。嫌に決まっている。歌い手というのは、似たもの同士はあまり好きではないのである。口には出さないけれど、近親憎悪というのだろうか、一緒にされたくない。ゆえに、BGM

はその日の演奏とは全然別なタイプがいいのだ。別な分野なのだけれど、実は深いところでつながっているような音楽。そんな広がりが見えてくると、「これ誰？　いいねー」と嬉しくなる。そうでなければ、無音がいい。BGMはない方がいい。

かつて、佐久間正英さんとライブをしたとき、終了後、その店で打ち上げがあった。マスターが気を利かして、いつもの習慣からなのか、サービスのつもりか、大音量でBGMをかけた。すると佐久間さんは「ちょっと、ボリューム下げてくれますか」とはっきり言う。佐久間さんは仕事以外に音楽を聴きたくないのである。仕事のあとに仕事はしたくない。僕は佐久間さんほど音楽の仕事をしていないけれど、何もしていない時に音楽を聴く習慣はない。もちろん、音楽番組は観ない聴かない。街中《まちなか》でBGMがかかっていると、中島義道『うるさい日本の私』（洋泉社・日本経済新聞出版社・新潮文庫）のように、ラジカセの電源コードを抜いてしまうほど怒るわけではないが早足で逃げる。必要な時にしか聴かない。音楽をやっている人は音楽が好きじゃないのである。セックスのあとにAVは見ない。

昔の音楽仲間

昔の音楽仲間とNHK総合テレビ局の廊下ですれ違ったことがある。「久しぶりー」と挨拶をしたら、「よっちゃんもNHK出られるようになったんだ」と返された。冗談なのか、何なのかよくわからないけれど、第一声がそうだったので、ちょっとびっくりして、返事ができず、苦笑いをしながら通り抜けた。単に冗談なのかもしれない。無神経なだけなのかもしれない。本気でイヤミを言っているとしたら、それを言わせているのは僕なのだろう。

二十年ほど前、所属していたレコード会社の本部長がアルバム完成祝いということで、ご馳走をしてくれた。ふだん僕などは食べたことのない豪華な食事だ。バンドメンバーとマネージャー、本部長、ディレクター、系列会社の社長も同席した。

お酒が進み、たまたま、出身地の話題になった。系列会社の社長が「○○○」と答えると、メンバーのひとりが「○○○⁈　あそこ臭いんだー。駅降りた途端、臭ってくるの。クサいのなんのって」と言い出した。いったい何を言い出すのだろうと僕はあわてた。どうフォローしてよいかわからない。言われた側はしかたなく笑っている。ひどく不愉快であったに違いない。故郷を貶されるのは、自分を貶されるより嫌なものなのではないだろうか。言った本人は、失言に気づかず、すましてお酒を飲んでいる。ふだんは無口なのだが、お酒が入ると喋り出す。

マネージャーに「あれは、まずいんじゃないの」とあとで言うと、さほど気にしていなかったようだ。それとも、気にしないふりをするしかなかったのであろうか。マネージャーも変である。当時、携帯電話がまだ普及されていなかった時代だ。僕以外の仕事も抱えているらしく、よく公衆電話を利用してあちらこちらと連絡をとっていた。あるとき、どこかの会社内での取材中、「ちょっと電話を貸して下さい」と言って、その会社の電話を使って仕事をしていた。恥ずかしかった。みっともなかった。

しかし、僕はそう思っただけで注意ができない。僕の悪いところはそういうところだ。

言うべき人に言うべきことが言えない。「携帯電話、買って使えばいいのに」と勧めると、「嫌だよ。恥ずかしいよ」と答えた。今では考えられないことだが、携帯電話が一番最初に出始めたときは、ほんの一時期であるが、携帯電話を使って忙しそうに喋っている姿がとてもキザに映って、とてもみっともなく思えたのだ。

月日が経ち、他人の故郷を「○○は臭い」と言った彼とイベントで一緒になった。打ち上げの席で、僕は特に喋ることもないので離れて座っていたら、主催者が気を利かしてか、隣に並ぶよう僕を呼ぶ。呼ばれた以上は行かないのも変だし、隣に座った以上は話さないのもおかしいので、「声すごいねー」と褒めた。すると、「君が再び歌い出すときに、僕の歌声を聴かせなかったのは、君が自信をなくしてしまったら困ると思ったからさ」と言われた。僕はポカンとしてしまった。本気でそう思っていたとして、そういうことを口にするかなと訝《いぶか》った。うぬぼれである。あるいは、コンプレックスである。と思ったけれど、そんなふうに言われるのは、その人は僕に対して、何か消せない不満や文句を引きずっているのかもしれない。

昔の仲間は、どうも調子が悪い。同じような年齢、同じようなジャンル、同じようなレベル。仲が悪いわけではないのだが、たとえば、どちらかが売れて明らかに差がついてしまったり、やけに評判が良かったりすると、そうでない方は、面白いはずがない。どうしても、競い合ってしまう。あの人には負けたくないという感情がむくむくと湧きおこる。きっと女性もそうだ。いや、どこの世界でも起こりうる。ゆえに、僕は張り合いたくないから、勝ち負けを決めるような、優劣を意識してしまうような気配を感じる場所には、なるべく近づかないようにしている。

なのに、ひょんなことから、同じようなタイプの人たちと、三人でやることになった。企画としては、たしかに面白い。結構大きな会場で、それなりにお客さんも集まる感じであった。マネージャー同士が話し合い、構成を決めてくれれば良かったのだが、親睦も兼ねて、出演者同士で打ち合わせをすることになった。いやな予感がした。

歌う順番をどうしようかという話になった。僕は「どの順番でもいいよ」と言った。すると、A君が「嘘だね」と強い口調で言う。「僕はトリで歌いたい。早川君だって、そうしたいに決まっている」。常に本音を言いたいA君は正論なのだが、まいったなと思った。するとB君が「僕がこの企画の言い出しっぺだから、一番最初に歌うよ」と言ってくれた。じゃ、僕は二番目で、A君が最後に歌うことにしましょう、と話はまとまった。別れ際、A君から握手を求められた。その握手がやけに力強くて痛かった。

数日後、マネージャーから連絡が入った。「B君がバンド編成でやることになったので、二番目にやりたいと言ってきたので、早川さん、一番目でいいでしょうか」という内容であった。なんのことはない、話し合いなど必要なかったのである。

それ以来、僕は先か後かすぐに決まらないような組み合わせのときは、自らすすんで、最初に歌うようにしている。競い合いたくない。どっちでもいい。

信頼関係

これまで、音楽の仕事はマネージャーに頼んでいたが、二〇一一年から僕は事務所を離れ、一人でやるようになった。特に困ることは起きず、仕事も変わりはなかった。もしも失敗があっても、すべては自分の責任だから、気が楽になったとも言える。僕ぐらいのクラスでマネージャーがいること自体、分不相応だったのだ。

仕事を分担するほど仕事量があるわけではないし、分けるほどの収入があるわけでもない。人が増えれば、仕事がスムーズに流れ、より良いものができるとは限らない。どうしても、一人ではこなしきれなくなったとき、初めて人に依頼すればよいわけで、足りないのは人の力ではなく自分の能力である。

昔、A事務所からB事務所へ移るとき、レコード会社の人から、もめないようにしなさいねと忠告を受けたことがある。狭い業界だから、円満に別れないと悪い噂が立ってしまう恐れがあるからだ。佐久間正英さんに相談したときも、たとえお金が絡んでいても、お金のことは触れない方がいいとアドバイスをもらった。佐久間さんは大人だ。本音というのは、話せばいいってものではない。嘘をついてはいけないが、お互いが納得する形を提案できれば一番望ましい。

あるスタッフから、「○○さんは、お金に汚いから」という話を聞かされたことがある。どのように汚いのか聞きはしなかったが、ふーん、そうなのかと思った。人から聞いた話を真に受けるのは間違っているが、そういうイメージを持ってしまうのは恐ろしい。誰かが言いふらせば、真実のように広まってしまう。

お金のことを口にするのは嫌なものである。卑しく思われる。語りたくないことの筆頭ではないだろうか。みんな、口には出さないが、結局はお金が原因で離れることが多い。目に見えない心の問題と違って、お金とか時間というのは、はっきりと目に見える数字の問題だから、本来、トラブルが起きるはずはないのだが、あやふやであったり、無駄なお金が発生していたり、未払いがあったり、分配率に疑問を感じると、問題が起きる。けれど、もしかしたら、本当はお金のことよりも、信じられるか信じられないかが問題なのかもしれない。

いずれにしろ、お金に関わることは、かりに嫌な出来事が起きても、やはり、話すべきことではないだろう。わざとそうなったわけでも、わざとそうしたわけでもない。しかたがないではすまないけれど、しかたがなかったのだ。離婚やバンドの解散と同じである。理由は当事者同士にしかわからない。僕にも責任がある。最後は、許しあうしか解決の道はない。

大正琴

書かなければよかったと思うようなことこそ書くべきなのではないかと、前から思っていて、「語れないこと、語ってはいけないこと」をテーマに書いてきたわけだが、やはり、嫌な話は書きたくないな、とつい気が滅入ってしまう。しかし、僕にはこれしか書くテーマはないのだと奮い立ち、また書き出してみよう。決して、個人攻撃をするつもりはなく、ただ、こういうことがあったという話だけなのだ。心の隅に、今でもひっかかっている、奇妙なものを吐き出してしまえば、少しは、安らかに死んでいくことができるかもしれない。

昔の音楽仲間で、ほんの少ししか付き合いはなかったが、あるとき、僕が持っていたバイオリンと彼の持っている大正琴とを取り替えたことがあった。彼は大正琴奏者ではなく、僕のバイオリンは友だちからもらったもので、高価なものではない。大正琴は、珍しい楽器ではあったが、それほど高価なものだとも思えなかった。いずれにしろ、当時、お互いが何のこだわりもなく、合意の上で交換しあったのだが、数十年後、ある日、突然、本屋に、電話が鳴った。

彼本人からではなく、秘書なのかマネージャーなのかわからないが、いずれにしろ、彼の代理人からであった。正確には憶えていないが、だいたいこんな内容であった。家相とか占いとかの偉い先生のご指示で、自分の家にあったもので手放したものがあったら、戻すようにと言われたので、かつて、早川さんと取り替えた大正琴を返してもらえないだろうか、という用件であった。

大正琴、僕はすっかり忘れていた。たしかに、バイオリンと取り替えた覚えはある。練習はしてみたものの、そのまま放置して、その後、引っ越しを数回しているうちに、どこかでなくなってしまった。「いや、今は僕の手もとにはなくて、どこへ行ってしまったか、申し訳ないけど、わからない」と答えた。相手は、納得してくれたが、電話を切ったあと、なんか、嫌な気持ちになった。

どうして、本人からではないのだろう。なぜ、秘書らしき人と話さねばならないのだろう。あまりに久しぶりなので、ただ単に僕と話しづらかったのだろうか。本人と喋ったら、もっと僕を不愉快な気持ちにさせる可能性があるので、彼の方が気を利かしてくれたのかもしれない。何十年も前に、取り換えっこしたものを、再度取り換えたいなどと、そんなややこしい話を持ち出すことはおかしなことだから、しかたがなかったのだろう。それとも、何か全然別な理由があるのだろうか。

話はたったそれだけのことだ。これを時々思い出す。ほとんどの記憶は僕の精神の奥深くに沈んでいるのに、時々、日常にまで、ふわーっと漂ってくるものがある。まるで成仏できない幽霊のようにだ。でも、こうしてもう書いたから、きっと静かに眠ってくれるだろう。

わからない人は言ってもわからない

歌っていて一番嫌なのは、喋り声が聴こえるときである。その次に、カメラのシャッター音、フラッシュ、ピントを合わせるための赤や緑の光線、レンズの取り替えでごそごそしている姿が目に入るのもつらい。歌っている最中だから、気づかないだろうと思われるかも知れないが、目も耳も客席に向かっているので、よく聴こえ、よく見える。まして、僕の場合は音数が少なく、しーんとした間があるから余計である。

もしかしたら、ふだんよりも、歌っている時は神経が過敏になっているかもしれない。

ライブハウスで歌うケースが多いから、どうしても物音はする。いや、飲み物を運ぶ音、コップを置く音、つい咳が出てしまうとか、どうしても出てしまう自然な音ならば僕はかまわない。しかし、今ここで出さなくてもいいだろうという音が聞こえてくるとつらい。実際、そういう音があるのである。

かつてこんなことがあった。たぶん、その店の常連さんなのだろう。歌を聴きに来たのではなく、カウンターでぼそぼそと喋っている。大きな声ではなく、遠慮して喋っているらしく小さな声なのだが、ずうっと聴こえてくる。誰も注意をしない。もしも、僕が注意をしたら、怒り調子になって、その後も嫌な雰囲気を引きずったままになってしまうからしない。相手が納得いくように、さわやかに面白おかしく、注意することができたらいいけれど、そのテクニックを知らない。

あるとき、静かな会場でのことだった。普段は映画館なので座り心地の良い椅子がひな壇に設置してある。演奏中、ガサガサと音がする。何の音だかは暗くてわからない。どこから聴こえてくるのかもわからない。なんとなく、中央から聞こえてくるようなのだが、もしかして、空耳かしらと思った。いや、たしかに聴こえてくる。ガサガサ、ガサガサ……。結局、最初から最後まで、音の正体がわからないまま、演奏を終えた。歌っている最中に頭の片隅でいったいあの音は何だろうと、気にしながら歌っていたから、歌のできは良くなかっただろうと思う。

終演後、出入り口でサイン会をしていたら、「これ、早川さんを描いたんです。差し上げます」と、大きなスケッチブックに描かれた画を渡された。僕がピアノの前で歌っている姿だ。愕然とした。呆れた。あのガサガサと音を立てていたのは、画用紙にえんぴつをこする音だったのだ。うまい絵でも何でもない。もらってもちっとも嬉しくない。「演奏中、ガサガサとすれるような音がしてたんだけど、あれは、あなたがえんぴつを走らせていた音でしたか」「はい」と答えたか、どう返事をしたか忘れたが、僕は怒る気力もなくなり、「はー」と言いながら、絵を受け取った。

その人は悪意があってのことではない。良いと思ってしていたことだ。歓んでもらえると思ってしていたことだ。人はみな自分が見えていない。親切や善意が相手の歓びになるとは限らないのである。それにしても、どうして僕は言いたいことが言えないのだろう。絵を受け取ったとき、次からはやめてね、とどうして言えないのだろう。

僕の悪いところはそこだ。言うべきことをその場で言えない。だから、あれから、もう何年も経っているのに、こんなところで愚痴をこぼしている。

中川五郎さんの話はもっとすごい。沖縄料理屋さんに呼ばれて歌いに行ったときの話だ。「どうだった?」と聞くと、「誰も聴いてくれなかった。みんな、食べたり飲んだりして、わいわい騒いでいるの」「一部の人がでしょ?」「いや、全員が」「そりゃ、店の人が悪い。もう呼ばれても、行かない方がいいよ」「いや、また行く。リベンジ」五郎ちゃんはライブの本数がハンパじゃない。「呼ばれればどこへでも歌いに行くの?」「うん、そのかわり、お客さんが誰もいないときは、中止になる」。僕を笑わせるために喋っているのかもしれない。

お客さんは入場料を払っているのだから、多少のことはいいのだけれど、もっとも嫌なのは、スタッフや関係者が無駄な音を出している時だ。たとえば、大きなイベントの場合、ステージのそでで、運営スタッフが打ち合わせをしている。一番ひどかったのは、僕が所属していた事務所の女の子が会場のスタッフの人とそでで何かしら仕事の打ち合わせをしている。歌いながら、いったい誰が喋っているのだろうと、横目でちらっと見てあきれた。このときも僕は怒らなかった。社長にも注意しなかった。

社長が駄目なら社員も駄目、社員が駄目なら社長も駄目である。無神経な人には何を言っても無駄である。

大きな屋外のステージで歌ったとき、社長が客席のはるか後方で共演者のマネージャーと腕組みをしていた時もがっかりした。ステージの後ろでは、さっきから、次のステージの用意のため、運営スタッフがガタガタと木材を組み直している音がする。そのガタガタ音を聴きながら〈からっぽの世界〉を歌った。いったい僕は何のために事務所に所属しているのだろう。そんな時、ちゃんと僕のそばに事務所の人がいたら、「すいません、ちょっとの間だけ、音を出さないで下さい」と、注意ができただろうにと思う。演奏中、ペットボトルが落ちた。一緒に演奏していたクラムボンのミトさんの付き人が、さっと出てきて直してくれた。どうして、他の事務所の子は仕事ができるのだろうなと思った。

そういえば、佐久間正英さんも人に注意ができない人だった。鎌倉の家に奥さまと遊びに来たときだ。たまたま、そういう話になって、奥さまの英子さんが「正英さんも家でこぼすのよ。嫌になっちゃうよって。ならば、注意すればいいのにと言っても注意しないの」。すると佐久間さんが答える。「僕は人に対して愛情がないのかもしれない。言っても直らないと思ってしまうんだ。注意したくなることって、根本的なことだからね。社員がだらしがないと、自分が損をするのだけど、最終的にはその人が損をするのだから、まあいいかと思ってしまう」

佐久間さんは社長でありプロデューサーでもあるから、思う存分、注意ができる立場なのだけど、演奏者に対しても注意しない。そういう音ではなく、こういう音を出してとは言わない。駄目だと思ったら次からは一緒に仕事をしないだけである。音はその人自身であり、音楽のセンスは言って直るものではないからだ。

僕は佐久間さんから注意を受けたことがある。歌が良くなかったとき、「肩に力が入っている」と言われた。また、「MCで同じ話はくりかえさない方がいいな」とも言われた。「どうして僕に注意してくれるの」と訊ねたら、「言って直る人だからさ」と答えてくれた。

こだわりは見せない方がよい

日本旅館の会席料理が好きじゃない。超一流のところは素晴らしいのかもしれないが、仲居さんが（料理長でも同じことだが）料理の説明をする。あれが鬱陶しい。器が僕の趣味でないと、品良く盛られていようが、美味しそうには思えない。なぜか、カクテルグラスに創作料理が盛っていたりすると、もはや味がしない。

僕が好きなのはバイキングだ。自分の好きなものを選べる。取りに行くことはちっとも苦ではない。気楽で、楽しい。どうして僕は説明されるのが嫌いなのだろう。それは他のことでも言える。映画が始まる前に、評論家らしき人が映画の見所などを説明しだすと飛ばしてしまう。ＣＤの解説も読まない。予告篇は好きだが、説明や解説は、よほどのことでないと、観ない、読まない。知識はいらない。本編だけを味わいたい。

ある島に旅行に行ったとき、一日一組限定の宿に泊まったことがある。宿選びは楽しいけれど、旅慣れていないとむずかしい。どうしても当たり外れがある。その宿は、案内にも書かれてあったのだが、食事にこだわりがあって、玄米食でなんとかかんとかと書かれてあった。食事だけでなく、ベッドもシャンプーも質の良いものを選んでいますというふれこみであった。その点が気に入ったのではなく、写真を見て、全体がシンプルだったから決めたのだが、実際に泊まった印象は、まあ悪くはないのだが、いまひとつ、気楽さがなかった。「部屋でくだものを食べるときは、前もってお知らせ下さい」という注意書きを見て（理由はわからない）、嫌な気がした。結局は、客が宿に合わせる形だ。

湯に浸かりながら思った。こだわりはあってもいいけれど、こだわりを押し付けてはいけないよな、と思った。こだわりを売りものにするのはいやらしいと思った。個性はあってもいいけれど、個性は隠すものなのにな、と思った。一見普通なんだけど、あっ、こんなところにこだわりがあったんだと、気づく程度がいい。気づかれなくたっていいくらいである。

人はみな、自分の専門分野に関しては、こだわりを持っている。自然とそうなってしまう。こだわりがないうちは素人であり、こだわりを持てるようになって、初めて自分は一人前になれたと思う。これも錯覚だ。こだわりを持ってもいいけれど、それを得意がるのはおかしい。口にしてはいけない。こだわりを持つようになったら、次は、こだわりをなくす方向に行かなければならない。こだわりに縛られてはいけない。身に付いたこだわりやクセを壊して行かなければいけない。ずぶの素人の目と心に戻らなければいけない。

知識をひけらかす人の言葉を信じたり、あの人すごいと感心する人がいるけれど、知識などたいしたことではない。だからなんなんだと思う。吉本隆明は『今に生きる親鸞』（講談社＋α新書）の中で語っている。「知識を極めるのはいいことだが、極めたら、あとはそれを殺すという道を通らない限り、こんなものを自慢しているやつはダメなんだ。知識を殺せなければ嘘なのだということです」

子曰く「これを知る者はこれを好む者に如かず。これを好む者はこれを楽しむ者に如かず」（論語）

感動は感動から生まれる

他人の癖は気づくけど、自分がどういう癖を持っているかは、よくわかっていない。もしかしたら、こういった文章にも表れているかもしれない。「かもしれない」「しかし」「のだ」を多用している。嬉しいとき、つい、「ワンワン」と吠えてしまう。思いつくのはそれくらいだ。

あるとき、初対面の人と話をしている時のことだ。真剣に聴いてくれているのはいいのだが、「たしかに」「なるほど」という相づちを交互に挟まれたので、ホントかなと思ってしまった。たまには「面白い〜」とか、「それでどうなったんですか?」とか、抑揚を変えて違うあいの手を入れてくれたらいいのにと思ったが、僕が笑わせるような話をせず、緊張させてしまったからかもしれない。

話のメに決まって、「ま、そんなこんなで」と一言あってから趣旨を切り出す人がいた。わかりやすくて、決して嫌な言葉ではないのだが、そのたびに、あっ、出たと思う。昔よく、女の人で（男の人もいるかもしれない）、センテンスや単語の語尾を何でもかんでも疑問文のようにクイーンて上げる人がいたけれど、最近は耳にしない。いまでもいるかしら。あれは苦手だ。ツイッターでは「なう」を見かけた。文章の最後を「今日この頃です」にする。使い古された流行語や決まり文句を使ってはいけませんと文章術の本には書いてあった。

音楽もそうである。よくある手、いつものパターン、わざとらしい歌い方は面白くない。安易過ぎる。古い（自分のことかな?）。

その気持ちに一番ぴったりの言葉を選び、その言葉に一番ぴったりのメロディをつける。その歌が一番生きる和音とリズムとフレーズが加わって音楽が完成するわけだが、いいフレーズが浮かんで来ないのは原曲が良くないせいがあるかもしれない。原曲さえ良ければ自然といいフレーズは生まれてくる。感動は感動から生まれてくるのだ。

中島みゆきの〈かもめはかもめ〉を八代亜紀が歌っているのを聴いたことがある。言葉のひとつひとつに意味を込め、感情を込めて歌っていた。そのたびに風景が変わり、情景が浮かんでくる。ロックやフォークのように一色というか、一本調子になっていない。歌っていうのは、このように歌うんだなと感心した。

荒井由実〈海を見ていた午後〉、石川セリ〈セクシィ〉、玉置浩二〈嘲笑〉、もりばやしみほ〈身体と歌だけの関係〉、桑田佳祐〈月〉、SION〈よう よう〉、大槻ケンヂ〈人間のバラード〉、仲井戸麗市〈My R&R〉、田辺マモル〈プレイボーイのうた〉、原田郁子〈なみだとほほえむ〉、斉藤和義〈ずっと好きだった〉、面影ラッキーホール〈あんなに反対してたお義父さんにビールをつがれて〉、神門〈母ちゃん〉、山本精一〈夢の半周〉、柴田聡子〈しんけんなひとり〉、原マスミ〈光の日にち〉。たまたま、ふと思い出して、いいなと思った歌だ。

役者は演技をしていることがばれては失敗である。歌も歌ってはいけないのである。

「歌は語るように、セリフは歌うように」(森繁久弥)

ハンドルネームの批評について

生前、佐久間正英さんは、自身のツイッターでこのように呟いていたことがあった。

「どうして多くの人はハンドルネームみたいなのを未だに使ってるんだろ？　ネットで実名出すと怖いみたいな事が裏にあるんだろうけど、僕は九〇年代 Nifty サーブ時からずっと実名でやっててそれが故にコワイ思いしたことは一度も無し。仮名で他人とコミュニケートしようとするのは無理がある」

佐久間さんは、一時、反原発に対し、異論を唱えていたことがあって、それに対して、ツイッターでものすごい攻撃を受けているという話を本人から聞いたことがあった。それも実名ではなく、ハンドルネームで討論をしかけてくるから、いったい誰に向けて語っているのかが分からなくなってしまい、このような発言に至ったのだと推測する。

僕もある時、「2ちゃんねる」というのを開いた時、びっくりしたことがあった。「名無しさん」というハンドルネームの人たちが、「早川は、なんとかかんとか」と語り合っているのである。内容は、気持ちのよい話ではない。僕のことをどう思おうと、どう貶そうと、勝手ではあるが、とにかく、実名ではないから、言葉遣いが荒い。「あいつはああだよこうだよ」と、自分はさておき、放言してはばからない。いったい、あなたは何様？ と言いたくなるくらいだが、そんなことを言ったら「俺は俺様だよ」と返ってきそうである。人の悪口を言う暇があったら、もっと他にやることがあるのではないかと思う。まだ、エロ画像を集めている方がはるかに健康的だと僕は思う。

高校卒業後、演劇の平松仙吉先生から学んだことがある。一九六八年当時、学生同士の議論や批判がやたら流行っていたのだが、先生は、「議論する暇があったら、猥談している方がためになる」と言われた。先生は猥談好きなわけではなかったが、そのくらい学生同士の議論は、真剣に探究しているようであっても、くだらなくて、何

佐久間正英氏

の役にも立たないよと見なしていたのだと思う。

小林秀雄は、「僕のやってきたことは、たまたま評論の形になっただけの話で、評論家になりたくてなったわけではない。批評というのは、作品を貶せばいいと思っている人がいるけれど、それは間違いである。いい批評というのは、必ず作品を褒めている。貶しているところからは何も生まれてこない。褒めているところから創作につながるのだ」というようなことを語っている。褒めるなら匿名でいいけれど、非難するならば、責任を持って実名の方がいいのではないかと思う。

少数は無視され、多数が正義になる

喫煙者にとってみれば、風当たりがますます強くなって、禁煙の話はもううんざりだろうなと思う。それは、時代の流れであって、五十年ほど前は今の逆になっていた。会社内はもちろん、列車やタクシーの座席には灰皿が付いており、大学の食堂では食事をしながらみんなが吸い、お行儀の悪い学生はお皿でもみ消し、歩道はたばこの捨て場所だった。車から吸いがらを放り投げる光景がよくあった。映画館、居酒屋、ホテル、いたるところ、たとえ禁煙の張り紙があっても、無視されていた。

喫煙者にとって、たばこをくゆらせるのは安らぎであるから、まさか、煙たがられているとは知るよしもない。身体に悪いと知らされても、吸うと落ち着くのだし、美味しいものが身体に悪いはずはないから、やめる理由はなかった。ヤニ取りフィルターに茶色のヤニがたまり、それが胃や肺に入って行くことがわかっても、肺が台所の換気扇みたいにベトベトになっていることを知らされても、まあ、そうかも知れないと思うだけで、気にはならない。

僕は四十歳まで吸っていたのだが、たまたま風邪をひいたときに吸ったたばこが異様なまずさだったので止めることができた。しばらくは、人のたばこの煙も平気だったのだが、数年後は、健康云々よりも、臭いがつらくなった。

主流煙より副流煙の方が発がん性物質が多いと言われるようになっても、まだまだ喫煙者は多くて、レコーディングスタジオなどでは、演奏者もスタッフも全員吸っていた。のどにも影響があり僕は苦しかったが何も言えなかった。どんな場合でも、何においても、少数は無視され、多数が正義になる。

そのうち、外国では公共の場では禁煙が普通になっていることを知る。日本も徐々になりつつあった。ただし、小さな喫茶店や居酒屋は無理である。ごく最近だ。ライブハウスも「本日禁煙」という張り紙がされるようになった。禁煙者が多くなってきたからである。少数と多数が入れ替わってしまった。なんとか、うまい分煙の形をとって、共存することはできないものだろうか。

趣味嗜好の問題をあれこれ言われたくないことはわかっている。人に迷惑をかけさえしなければ、みんなが自由でありたい。お酒は飲んでもいい。けれど人前で吐いてはいけない。車の排気ガスは車の外に排出する。エアコンの室外機は外に設置する。たばこは吸ってもいい。ただし、吐くときは換気扇に向けて吐かなければいけない。

第六章
日々思うこと

竹富島

三拍子と四拍子

僕の身体には、なぜか三拍子のリズムが流れていて、曲を作る時も、ふと耳にしていいなと思う曲も、気がつくと三拍子が多い。小さいころ、サーカスのジンタ〈美しき天然〉(一九〇二年)を聴いて音楽に目覚めたからかも知れない。それ以来、三拍子のもの悲しげなメロディが流れてくると、もうそれだけでいいなと思うのである。

もちろん、四拍子も好きな曲はいっぱいある。ビートルズを最初に聴いた時もじーんときた。あれは何だったのだろう。それまで、ラジオから流れていたアメリカ音楽と一線を画していた。叫びの中に悲しみがあった。〈ヘルプ!〉や〈ガール〉や〈ペニー・レイン〉など、イントロがなくて突然歌い出す。待ちきれないで歌う。本当に伝えたいことがあったからだ。二分か三分以内で一曲が完結している。〈マネー〉や

〈蜜の味〉など、カバー曲は原曲を超えてしまう。カバーされても負けない。その後も僕はビートルズしか聴かなかった。影響を受けたかったけれど無理だった。受けたとすれば、イントロがなくて、すぐ歌い出す曲が比較的多いことぐらいだ。

もりばやしみほさんの〈身体と歌だけの関係〉をカバーした時も、原曲は四拍子なのに、僕が歌ったら、知らぬ間に八分の六拍子になってしまった。大槻ケンヂさんの〈人間のバラード〉もレコーディングをするのでピアノを頼まれたのだが、もとは四拍子だった。音源をもらって練習している間に、意識していなかったのだが、八分の六拍子になってしまった。大槻さんから、「あのー、四拍子になりませんか」と言われて、そこで初めて気づき、「あっ、すいません。直します」と謝ったら、「いや、いいです。それで行きます。タイトル、『バラード』に変えますから」という経緯があったのだ。

そんなわけで、四拍子の曲が僕は極端に少ない。〈H〉〈君でなくちゃだめさ〉〈猫のミータン〉ぐらいだ。四拍子は比較的明るいから、お客さんに手拍子を入れてもらえると盛り上がる。けれど、たまに歌いにくい場合がある。四拍子の一、二、三、四、全部に手をたたくと、幼稚園生の歌になってしまう。一
と三に手をたたくと、日本民謡になってしまう。二と四に、手をたたいてもらえると
ありがたい。「むすんで　ひらいて　てをうって　むすんで」を例にあげると、わか
りやすいと思う。二と四の「す」と「で」、「ら」と「て」で、手をたたく。「ウン
チャ、ウンチャ」の「チャ」にアクセントをつける（裏打ち）。すると、音が立って
くる。

〈君でなくちゃだめさ〉の場合は、あっ、原曲の拍子を変えてしまうような男から言
われたくないですよね。その時の気分で、適当に手をたたいていただければ十分です。

きっと良いことが待っている

バンドをやめたあと、僕はURCレコード会社の制作の仕事をしていたが向いていないことを悟り、職を探さなければならなかった。二十三歳だった。学校は途中でやめてしまったので、普通の会社員にはなれそうもない。やりたいこともない。消去法で職業を決めた。長時間その場所にいても大丈夫なところはいったいどこだろう。本屋と喫茶店しか思い浮かばなかった。喫茶店よりは本屋の方が静かで、喋らなくてもすむだろう。本屋に勤め、二年後に本屋を開いたのだが、客の立場と店の立場は大きく違っていて、月のうち半分ぐらいは鬱だった。辞めたいと思いながら二十年ほど続けたので、不機嫌な態度をお客さんにとったことがたくさんあったと思う。立ち読み客を怒った顔で注意したり、棚に寄りかかっている人を注意したら足が不自由な人だったり、万引と間違えて少年を追いかけたこともあった。

本屋をやめて、さて何をしようかと考えたとき、やりたい仕事がひとつもなかった。自分に向く職業なんて考えられない。けれど、何もしないで家に閉じこもっていたら、世間と断絶してしまったら、誰かしら何かしらと繋がりを持っていないと、自分は何かとんでもない事件を引き起こしてしまうのではないかという恐れを感じていた。

ある晩、本屋のレジに座っていたとき、もしかしたら、ここは自分の部屋であり、一番落ち着ける場所なのではないかと思った。その場所を自ら取り上げてはいけないなと思った。それからは、かつて一度やめた音楽をもう一度やり直そうと思った。歌を作り始めた。今度こそやりとげようと思った。本屋は家族に任せて続けたかったが無理だった。店を閉じて店舗を貸せばなんとかなりそうな計算が立ったので、歌の仕事についた。本屋時代は休みなく働いたので、それに比べれば、もう、隠居みたいなものである。

「二番目に好きなものを生業におしよ。一番目は遊びで楽しむもんだ」という永六輔さんの教えがある。生活していくための仕事は、多少辛いことがあってもしかたがない。あとは、いかにそれを楽しくしてゆくか工夫し、あるいは、一番目の好きな趣味を楽しむために働いているのだから、仕方がないとあきらめた方がいい。そして、やるからには、にこにこと仕事に打ち込む姿勢の方がいい。どうしても向かなかったら、辞めればいいのだ。一所懸命頑張っても駄目ならば、辞めてもいいのだ。好きな道を選んで行けば、きっと良いことが待っていると思う。

頭が上がらない

これから話すことは、過去のことだから、多少、自分の中で記憶違いや間違いがあるかもしれない。所詮、言葉は自分を語ることしかできないから、この章に限らず、誰々さんがこう言った、こういう事情だったという話は、そのまま鵜呑みにはせず、こうだったらしいよ、ああだったらしいよと、できれば、人に伝えたりすることはしないでもらいたい。やがて、尾ひれ羽ひれがつき、元のニュアンスとは相当違ってしまう場合があるからだ。

僕の話は、僕の目から見た一方的な一面にしか過ぎないことを踏まえ、ああ、こんなようなことがあったんだなという程度に留めておいてもらえるとありがたい。僕が伝えたいことは、人のことではなく、僕のことだけである。しかも、それを誰かに伝えたいのではなく、自分の心に届けたいのだ。これを書いたからといって、歓ぶ人は誰もいない。できれば、人知れず、そっとしておきたいことだ。けれど、死ぬ間際、あー何もお返しができなかったなという想いがよぎりそうで書き出している。

一九九四年、僕はソニー・ミュージック本部長Aさんの推薦でソニーと契約ができた。ディレクターはBさん、プロモーションスタッフはCさんが担当してくれた。アルバム発売記念ライブでは全国紙に一面広告を打ち、宣伝にも力を入れてくれた。しかし、それに見合う売れ行きではなかった。僕は大それた夢を持ってはいなかったけれど、お金をかけた分ぐらいだけは回収ができて、会社に迷惑がかからなければいいなと願っていた。

どんな会社だって売れる見込みがあれば出資はするが、採算が合わなければ容赦なく首を切る。それは当たり前の話だ。どうしたらもう少し売れるでしょうねと、僕は仕事ができるCさんに相談したことがあった。Cさんは、桑田佳祐さんのお力をお借りするしかないと言った。そのころ、僕は桑田さんの〈月〉という歌をえらく気に入っていて、どうしてまあ、こういう曲が作れるのだろう、どうしてあのような素晴らしい歌唱力があるのだろうと、参っていたところであった（僕が〈月〉を歌うと演歌になってしまう）。その後、桑田さんは〈サルビアの花〉をステージで歌ってくれたり、「Act Against AIDS '96」に僕を呼んでくれたりした。

武道館の楽屋で初めてお会いする原由子さんから、「お嫁入り道具の中に、『ラブ・ゼネレーション』を入れて行ったのですよ」という話を聞かされた。桑田さんはステージで僕を紹介するとき、僕の存在をまったく知らない全員のお客さんに対し親しみを持ってもらおうと、「〈月〉という歌は〈サルビアの花〉の盗作みたいなもんなんですよ」と、まるっきり冗談のリップサービスをして紹介してくれた。聴き比べてみれば、誰だって〈月〉の方が素晴らしいことがわかるのに。

そんな経緯があったので、Cさんは、僕が桑田さんに頼めば、桑田さんが曲を書いてくれるんじゃないかと思ったらしいのだ。会社を通してではなく、仕事としてではなく、友情とか愛情のようなもので書いてくれたら、きっといいものができると。しかし、僕は桑田さんと友だち関係でも何でもない。桑田さんにとっては何のメリットもない話である（もちろん、桑田さんはメリットがあるなしで動くような人ではないけれど）。頼みごとというのは断りづらいものだ。まして、仕事ではなく、情が入ってきたらなおのことである。

ゆえに、僕はその案に同意できなかった。有名な人の力を借りて自分を売ろうとすることに一種のやましさも感じていた。そういう気持ちがほんの少しでもあると、それは桑田さんに対し、本当に失礼な話である。他に方法はないだろうかと悩んだ。悩んだ結果、僕は意を決した。自分の意思で道を拓こうと思った。桑田さんあてに、曲を書いてくれませんかと、お手紙を出した。達筆のお返事が届いた。「バラードだとぴったり過ぎるので、違う曲調のものを作りますね」というお手紙だった。後日、桑田佳祐作詞作曲〈アメンボの歌〉の音源とコード譜が届いた。僕のような素人にもちゃんとわかるように、親切なものであった。桑田さんが歌われている音源と、僕が主旋律を歌えばいいだけになっている練習用のカラオケの二本の音源をいただいた。なんて優しいのだろう。僕は感激した。

録音当日、僕は桑田さんとまだ気楽に喋れる間柄にはなれていなくて、緊張していた。本来なら、もっと気楽にお話ができたり、冗談を言い合える間柄になっていたら良かったと思うけれど、僕の性格ゆえ、しかたがないことであった。録音中、桑田さんから優しいアドバイスをいただいた。「早川さん、べろんべろんにお酒に酔った感じで歌ってみてください。出だしの所も、『♪あーいが』ではなくて、『♪ぁあ〜いが』」と、見本をみせてくれた。言われてみて初めて気がついた。これは、端唄《はうた》、小唄、都々逸《どどいつ》、日本古来のメロディだったのだ。

僕はメロディを覚えるために何度も練習したのだけど、僕の耳には、「♪あーいが」としか聴き取れていなかった。よーく聴けば、たしかに、「♪ぁあ〜いが」と、ビブラートがかかっている。ギターの弦をクイーンと持ち上げるような音だ。千鳥足でお酒に酔った気分で歌うことも気がつかなかった。メロディを覚えるのと、テンポの速さに慣れるのに精一杯だったからである。現場で急遽、酔ったような気分で、あの速さのテンポで、「♪ぁあ〜いが」と歌うことは、僕には難しかった。必死に歌っ

アメンボの歌

た。OKテイクが出ても、僕は申し訳ない気持ちでいっぱいになっていた。

この曲は、テレビ番組「人気者でいこう!」のエンディングテーマ(一九九七年十月~十二月)になった。その後、ライブで〈アメンボの歌〉をどんどん歌っていくことが僕の務めであったが、ピアノ弾き語りで歌うにはとても難しかった。カラオケを流して歌ったこともあったが、マイクを手に持って歌う姿がまるでさまにならなかった。せっかく、曲をプレゼントしてもらったのに、歌わなくなってしまったのである。桑田さんが歌えば大ヒットしたであろう〈アメンボの歌〉を僕は歌い切れなかった。これは、僕の責任であり、僕の不誠実なところだ。もう一度、練習してみよう。弾き語りでうまく歌えるようになるまで、挑戦してみよう。

♪ぼくをぐにゃぐにゃにして

二〇一四年四月末、バイオリンの磯部舞子さんと「友だちを探しに」ツアーをしてきた。京都でのライブ終了後、「この近くに『餃子の王将』ありましたよね」とシルバーウィングスのマネージャー登山正文さんに尋ねると、「『王将』は無難ですが、さっきまで早川さんの〈天使の遺言〉を聴いて僕は泣いていたんですから、その人が『王将』で食べるなんて、（現実に無理やり引き戻される感じで）なんか悲しいですよ。せめて『マルシン飯店』にして下さい」と別な中華屋さんを教えてくれた。たしかに、京都に来てまで全国チェーン店に入る必要はない。

五月四日は「新宿 JAM FES 2014」で歌った。高校生以下は入場無料だったので、中学生や高校生が聴きにきてくれたらいいなと思った。パンクやロック好きな若者たちが多いはずで、〈堕天使ロック〉〈ラブ・ゼネレーション〉〈お前はひな菊〉を立て続けに歌った。ところが、あとでツイッターなどを見ると、〈父さんへの手紙〉の方が好評だったようである。僕の勝手な思い違いだ。かつて、前橋 Cool Fool のマスター佐藤あつしさんから言われたことを思い出した。「ジャックス時代の歌を聴きたがっているのは年配の方たちであり、若い人たちは〈猫のミータン〉や〈音楽〉とか、最近の早川さんの歌を気に入っているんだと思いますよ」。選曲はいつも迷うのだが、結局は自分がその時一番歌いたい歌を歌えばいいのだろう。

五月八日は渋谷ラストワルツで「♪ぼくをぐにゃぐにゃにして」と題し、原マスミさん、宍戸幸司さんとライブをした。ライブタイトルは、「♪東京中で一番可愛い君今夜もボクの一人ぼっちをここへ来てなぐさめて」と歌い出す原マスミ〈天使にそっくり〉の歌詞の一部だ。

帰り、立ち飲み屋さんで乾杯し、串揚げを、ソースに二度漬けしてはいけないよというルールを教わって食べた。僕は安くて美味しいものが好きだ。どうしてこういうお店が落ち着くのだろう。僕に似合っている。窮屈なところよりも、空が見えた方が

左から宍戸幸司さん、原マスミさん、僕。

好きだ。デイトだと見栄を張って、もう少しいいところに行くかもしれないけれど、女の子が「もったいないよ」と、日常の地味な部分を見せてくれたりすると、ああ、なんてこの子はいい子なんだろうと思う。それこそ、ぐにゃぐにゃになってしまう。

バルテュス展

ステキな人に誘われ、東京都美術館にバルテュス展を観に行った。美術館に行くのは、もしかして僕は初めてかもしれない。そんな気持ちになった。いや、正確には何回かあるのだが、もともと好きな作家が少ないというか、探究心がないというか、出不精なのだ。なのに、今回すぐ行く気になったのは、バルテュスの絵が前から気になっていたからである。

二十一歳。僕は片山健画集『美しい日々』（幻燈社、一九六九年・限定千部）に出合い、すっかり気に入ってしまった。その後も『エンゼルアワー』（幻燈社、一九七一年）、『迷子の独楽』（北宋社、一九七八年）を求め、当時の絵描きの中でもっとも素晴らしいと思っていた。バルテュスの絵を知ったのは、たぶんその頃のことだったと思う。初めて見た時、あっ、片山健はバルテュスの影響を受けていたのだと納得した(もちろん僕の勝手な推測だが)、しかしそれとは関係なく、僕は片山健の絵が好きで、もっともっと続けて描いてほしいなと思っていたが、のちに作風は変わり、福音館書店から児童向けの絵本を見かけるだけになってしまった。

展覧会はにぎわっていた。「街路」はニューヨーク近代美術館に所蔵されているらしく原画は飾られていなかったが、「ギターのレッスン」や「美しい日々」など、いっぱい観ることができた。誰が誰の影響を受けたなんてことは本来どうでもよく、自分の好きなものが繋がっているんだということがわかっただけでも嬉しかった。観終わったあと、物販フロアーがあった。画集、ポストカード、エコバッグ、ポスター、紅茶、ハチミツ、バルテュスがポラロイドカメラでモデルを撮影した豪華な写真集も販売されていた。そこで何を買おうか選んでいる時間も楽しかった。あー、物販っていいものだなと思った。

これまで、僕はライブ会場でCDや本やカンバッチやTシャツなどを売ることに

（Tシャツなどは作り方次第で出演料より利益が出るみたいな話を聞かされたこともあって）、なんだかなーという気持ちになっていたため、ライブはライブだけでいいやと思っていた矢先だった。ところが、何かを観に行って記念に何かを買えるということは、お客さんへのサービスでもあり、楽しいことなのかなと思った。

帰りがけ、美術館の入り口で、思わぬ人に遭遇した。かつて、武蔵新城という町で僕は本屋をしていたのだが、当時、本を買いに来てくれたお客さんとばったり会ったのである。「早川さん」と声をかけられた。顔は覚えているのだが、お名前が思い出せない。僕は「あっ」と声をあげた。妻でも娘でもない女性と一緒だったのに、さわやかな笑顔で「また、ホームページを見てライブ行きます」と言ってくれた。本屋をやめて僕が歌を歌っていることも知っている。「ありがとうございます」と言って別れた。東京のど真ん中で知り合いに会うというのは、めったにない。

お名前を思い出せないことがどうしても気になって、一人しかいない元従業員に尋ねてみた。するとすぐにあててくれた。あの笑顔はS精肉店のご主人だったのだ。どうして、お顔だけ見覚えがあるのに、お名前が出なかったのか。僕はお肉を買いに行ったことがなく、ご主人はよく本を買いに来てくれたからだ。色っぽい「バルテュス展」で懐かしい人に会えて僕はさらにご機嫌だった。

能登は美しかった

二〇一四年七月十二日、能登は美しかった。能登空港の周りは緑の山。初めて日本海で泳いだ。前日、珠洲市「ろばた焼 あさ井」というところで飲んだ。イカの丸焼き、のどぐろ、日本酒「歩」、しおサイダー。しおサイダーを入れたコップは取っ手がついていてしっかりしていい形だったので、「これ、すごくいいなー。どこで売っています?」と、おかみさんに尋ねると、気前よく、「あげますよ」と言われ、もらってしまった。初めての客なのに、なんて親切なのでしょう。僕が図々しかったのだろうか。

ライブ会場は、乙脇善仁さん所有のSpace工場である。母屋から娘さんが使われているアップライトピアノを運んでくれた。客席にはさまざまな形のテーブルや椅子が並べられ、日本酒、焼酎が用意され、カンパの箱が置いてある。周りは田んぼである。街中でもないのに、どこから人が集まってきたのだろう。ライブを商売としていない人が主催しても、ライブハウスよりどっと集まる場合がある。これ一本にエネルギーをかけているからだろうか。熱意や情熱さえあればなんとかなる、と思わせてくれる。全国には、ほんの少しだけど、僕の歌を聴きたい人がいるのだ。聴きたかった人に、まだ見ぬ人に、届けることができる。

一曲歌うたびに(曲の途中でも)、やたら「イェー」と掛け声がかかった。悲しい歌だって容赦なくかかる。こんなケースは初めてだ。「♪バイバイ」と歌えば、「♪バイバイ」と返ってくる。不思議と、いい感じであった。事前に、乙脇さんから「カメラのシャッター音、フラッシュは良いですか?」の質問に、「苦手です」と答えたのだが、シャッター音どころではなかった。しかし、その掛け声が生きていた。音楽になっていた。最初は、適当に「イェー」って言っているのかな、酔っぱらっているだけなのかな、と思っていたら、ちゃんと僕の歌を知っている女の子もいて、アンコールでは〈H〉や、めったに歌わない〈嫉妬〉までリクエストしてくれた。終演後、そ

珠洲市　Space 工場

の女の子のTシャツの脇腹に、男性数人がじっと見守る中で、「里果ちゃん」とサインをした。

復活　早川書店

二〇一四年八月十九日、二階堂和美さんとトークショーをするために、リブロ池袋本店に向かった。久しぶりに立ち寄る大書店、地下の文芸書棚の間接照明、それを見ただけで「すごいことになっているなー」とため息をつく。と同時に、街の小さな頑張っている本屋さんには頭が下がる思いがした。

一階人文書売場に作られた「復活　早川書店」の棚を見る。僕が筑摩書房の文庫から選んだ推薦本が並べられ、数点書いたコメントのポップが貼られ、当時の早川書店の写真も飾られている。自分でじっくり見るのは、なんだか照れくさく感じて、ザッとしか目を通せなかったが、二十二年間の本屋時代の辛かった思い出が、全部、吹っ飛んでしまった。

トークイベントが行われる別館八階池袋コミュニティ・カレッジの控室で、初めて二階堂和美さんとお逢いした。まあ、お美しいこと。にこやかな笑顔。さわやかな風。裏表のない性格。お名前を身近に感じたのはいつだったか。思い出したことがある。数年前、名古屋のライブハウス「猫と窓ガラス」の店長が僕に聴かせるためにスガダイローさんのCDをかけてくれたのだ。聴こえてくるのは、女性ヴォーカルで〈マリアンヌ〉と〈堕天使ロック〉だ。かっこいい！「えー！これ、誰歌っているの？」と尋ねると、その声が二階堂和美さんだった。

ふたりで壇上の椅子に座り、さっそく、その話を二階堂さんにふると、「私、あの時、初めてジャックスの音源を聴かされて、気色悪いなと思ったんです」と言う。なんて正直なのだろう。僕もそう思っているので（当時、わざと気色悪くした覚えはないのだけれど）、「確かに、あれは気色悪いです。あれを良しとする人は変態です」と答えた。

二階堂和美さんと

復活　早川書店

佐久間正英さんだって、十五、六歳でジャックスの生演奏を聴いて感銘を受けたと言ってくれるのだけど、心の中で密かにいいと思っていただけで、当時付き合っていた彼女には、洋楽は薦めても、ジャックスの話は一切しなかったと言う。もしも、彼女に薦めたら嫌われてしまいそうな気がしたからだと、のちに聞かされたことがある。そのくらい、誰が聴いたって、気色の悪い音楽に間違いはない。しかし、変態の中に純粋さを見つけることがあるように、純粋な中に変態が潜んでいることだってある。

これは、好みの問題であるが、僕は多くの人に向けて歌を歌うよりも、祈るように、一人の人に向けて歌っている歌が好きだ。二階堂さんの場合で言えば、「♪必ずまた逢える　懐かしい場所で」と歌う〈いのちの記憶〉もいいし、〈とつとつアイラヴユー〉もステキだ。〈岬〉という歌が一番好きかも知れない。「♪できれば背後から　うしろからおねがい　重なる長い影　重なって帆を張って」。なんて美しい表現なのだろう。

『二階堂和美　しゃべったり　書いたり』（編集室屋上、二〇一一年）の中にも強く共感を持った一節がある。「ここへ辿り着くまでに、人をさんざん振り回した。ひどく傷つけもした。離縁もした。鬼みたいな心になった。そうしてはじめて、自分のバカさ加減を知ることができた。ああ、そういうことだったのか。人間の心ほど、醜く、怖ろしいものはないと聞かされてきたのはこういうことだったのか。まったく自分の心のなんとあてにならないことか。そんなことは百も承知で説かれているのが仏教だったのだ」

これを読んで、吉本隆明『今に生きる親鸞』（講談社＋α新書）を想い起こした。

「人間は、善いことをしていると自分が思っているときは、悪いことをしていると思うぐらいがちょうどいいというふうになっています。逆に、ちょっと悪いことをしているんじゃないかと思っているときは、だいたい善いことをしていると思ったほうがいいのではないでしょうか」

親鸞の思想を飲み込めているわけではないけれど、自分なりに解釈すると……。善いことをしていると自覚している人に限って、はなはだ、迷惑な場合がある。善いことをしていると意識している人は、それに気づかない。本当に善いことをしている人というのは、善いことをしているという意識がないから、人助けになっている場合がある。自由で自然で謙虚なふるまいが良い。生きているだけで迷惑をかけているのではないかと、おびえているくらいが、ちょうど善い人間なのである。

スナック芸術丸

二〇一四年九月十七日、都築響一さんの「スナック芸術丸」に出演するため、DOMMUNEスタジオへ行く。本番前にちょっと雑談した。

「この間、カラオケで〈天使の遺言〉を歌ったら、いつもよりうまく歌えたの。どうしてかなと思ったら、ピアノを弾きながらじゃないってことに気づいたんですよ。でも、歌手のようにマイク握って歌うのは恥ずかしいし」

「早川さん、カラオケやるんですか？」

「連れて行かれたんです」

「今度うちに来て下さいよ。新宿荒木町でカラオケスナックやってるんです」

「僕が行ったのはカラオケボックスで。バーとかスナックは、どうも行く習慣がなくて」

「スナックは、ママさんのお家のこたつに入ってお喋りするような、あったかさがあるんです」

「スナックって言葉、ちょっと古いんじゃないですか？　『♪小さなスナック』とかいう歌ありましたよね」

「いや、今はスナック、新しいんですよ。若い人たちからも人気で」

「えー、ホントですか？」

都築さんが『たましいの場所』の一部を朗読してくれた。声にじーんと来る。いいところを引き出してくれる。本屋を閉店したときの話や、写真は写す人の気持ちが写ってしまう、言葉は意味ではなく言わんとするところをつかまえなくちゃなど、話が盛り上がり面白かった。

もともと、都築さんとは朝日新聞の書評欄で一緒だった。神保町試聴室でのライブ

都築響一さんと

をラジオで流してくれたり、新宿裏窓にも聴きにきてくれた。スタジオに観に来た女の子が、「都築さんて、近寄りがたい人だと思ってたけど、想像と違って、あったかみがあって、でも、とがってる。誰も知らないもの、眠っているものまで見つけてしまう。おんぶされたい」と言っていた。同感である。

知久寿焼さんとライブ

二〇一四年十一月十六日、渋谷ラストワルツにて知久寿焼《としあき》さんとライブをした。同じ年の四月、新大阪から名古屋に向かう新幹線の中で、京都駅から乗車してきた知久寿焼さんとばったり遭遇したのがきっかけだった。列車の窓からぼーっと外を眺めていたら、京都駅のホームに一風変わった雰囲気の方。知久さんだとすぐわかった。知久さんが座った席は通路を挟んで、なんと隣同士だった。なんという偶然。十数年前、お茶の水のホールでHONZIらと共演して以来だ。誰かが逢わせてくれたに違いない。そこで競演の約束を交わした。

〈サルビアの花〉を一緒に歌う予定だったが、キーがまったく違うことに前日気づいた。僕はCなのに知久さんはGだ。えらい違いである。よって〈サルビアの花〉は知久さんがソロ、〈この世で一番キレイなもの〉と〈からっぽの世界〉は、知久さんが一オクターブ高く歌ってくれた。

知久さんの喋る声は普通だけど歌声は高い。僕は喋る声は高くて歌声は低いらしい。知久さんのファンは女の子が九〇％。僕と逆だ。なんでだろう。本番前、楽屋で雑談した。「客席に聴こえたら、ちょっとまずいですね」というようなHな話である。原マスミさんがいたら、もっと盛り上がっただろうな。

知久さんと原さんの生み出すメロディは奇妙である。ギターもまた独特である。身体の一部となって呼吸しているから、歌っている。羽ばたいている。歌声は笑顔で語りかけているのに天体を彷徨《さまよ》っているようだ。

知久寿焼さんと

なまこをつかむ

二〇一四年十一月二十八日、那覇桜坂劇場で、もりばやしみほさんと十八年ぶりに再会した。みほちゃんのソロ〈身体と歌だけの関係〉〈海〉を聴き、〈あと何日〉と〈僕らはひとり〉は一緒に歌った。今はあまり音楽活動をしていないようだが、声とピアノは変わらずに魅力的であった。

終演後、何かのキャラクターのかぶりものをかぶっている女の子と写真を撮った。タテタカコさんだった。ちょうど沖縄に来ていて聴きに来てくれたのだ。みほちゃんとタテさんとは再会を約束してさよならをし、翌日は石垣島すけあくろで歌った。オーナーの今村さんに「石垣島に雪が降ることはあるのですか?」と訊いたら、あり得ないことなので、笑われてしまった。「開演時間の十五分前に来ればいいですか」と

タテタカコさんと

水牛車

訊ねると、「島時間だから、八時になっても人はそろわないよ」と言われた。石垣島は時間がゆったりと流れている。

翌日は、竹富島へ船で向かった。水牛車を見かけ写真に収めたが、可哀そうで乗る気は起こらず（肉は食べるけど）。気温二十九度。コンドイビーチで泳ぐ。足元になまこを発見。僕はまだ食べたことがない。もぐって、つかもうとするけど、怖くて握れず、何度も挑戦した。やっとつかんで水面に上げたら、潮を吹いたので、びっくりした。

十一月末ともなると、海水は冷たくて海には入れないと聞いていた。けれど、運よく晴れて、暑くて、海で泳げたのである。別に僕は晴れ男でも何でもない。たまたまである。ああ、なんて、沖縄はステキなのだろう。その夜も、なまこをつかむ夢を見た。

「やめてって言ったのに、よっちゃんたら、何度も私のところに投げてきた」

「そう、もう、気が狂ったみたいに、はしゃいで。手の平に乗せてあげようと思ったんだ。でも、感触が気持ち悪くて、ギャーって、摑んでられないの」

「なまこに夢中のよっちゃんは少年で、私はイヤとか言いながら凄く楽しかった！　笑いちぎれそうで。海に入れたことも、なまこあっての楽しさだったね」

変態はステキ

山本精一さんと柴田聡子さんと三人で「変態はステキ」ツアーを行った。きっかけは、僕に柴田さんの歌を教えてくれた女の子がいたからだ。YouTubeで〈いきすぎた友達〉や〈倉内太・柴田聡子／あの娘ほんとリズムギター練習風景〉などを聴くと、普通に歌っているのに、なんか変なのである。山本精一さんの歌と共通しているようでいいな、と思った。そんなことをツイッターにつぶやいたら、柴田さんが僕のライブを聴きに来てくれて、「山本さんと三人でやりましょう」と話が進んだ。

山本さんから電話が入った。「二〇一五年一月十五日から、京都、名古屋、横浜、吉祥寺でやることに決まりましたから」「わー、ありがとうございます。僕も何かやれることがあったらやりますので」と伝えると、「ライブタイトルを考えて下さい」

左から山本精一さん、柴田聡子さん、僕。

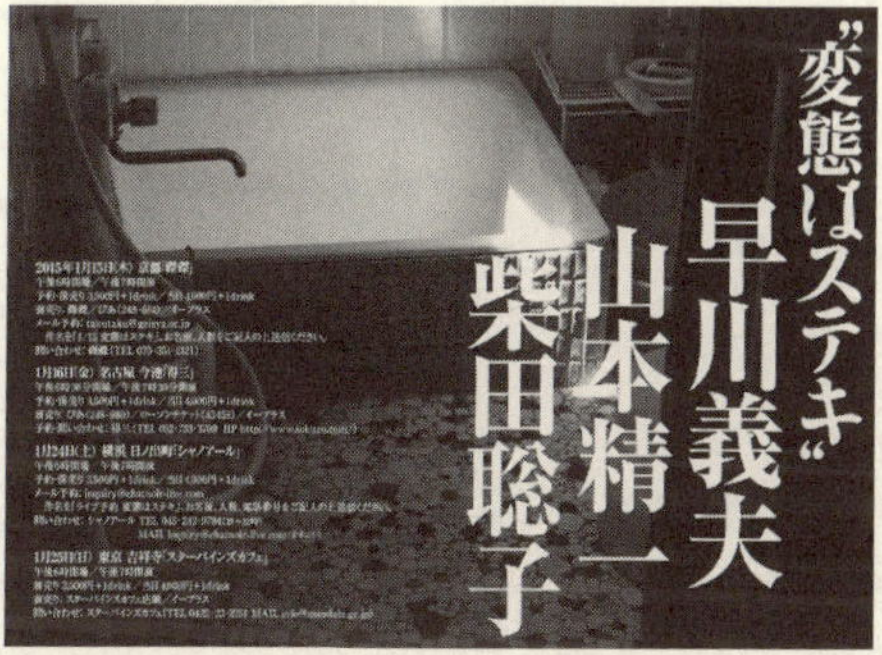

写真・山本精一　デザイン・山田真介

と指示が出た。そこですぐ、「夢で逢いましょう」「聡子サンドイッチ」「変態はステキ」「異常者の集い」を思いついた。

「夢で逢いましょう」がキレイなので決まりかけたのだが、なぜか、三人とも「変態はステキ」が気になってしょうがない。聡子さんから、「変態、とても捨て難いのですが、お二人に比べて、わたしはまだまだ変態としての精進が足りないので、がんばります」とメールが入り、山本さんからは、「僕はやっぱり変態ですので、異議有りません」というお返事をいただいた。

真犯人は「私が犯人です」とは白状しないように、本物は「私が本物です」とは言うはずがないように、一見変態な人は、全然、変態ではありません。普通に歌っているのに、普通を目指しているのに、普通の人なのに、どうしても、変な部分がはみ出てしまう、という人が変態なのです。まさに、山本さん、柴田さんがそうです。

セッション曲の候補が上がった。山本さんの〈まさおの夢〉〈夢の半周〉、柴田さんの〈海へ行こうか〉〈しんけんなひとり〉、僕の〈からっぽの世界〉〈この世で一番キレイなもの〉だ。柴田さんの歌は簡単そうに思えるのだが、これが難しかった。練習を終えても、頭の中でメロディがぐるぐる回っている。挫折しそうになったけれど、歌えそうな部分だけ歌わせてもらうことができた。

柴田聡子セカンドアルバム《いじわる全集》に収録されている〈しんけんなひとり〉のエンディングギターはテニスコーツの植野隆司さんが弾いている。そのギターが色っぽい。音色といい、あふれ具合が。「あー、音は愛撫なんだな」と思った。楽器を奏でるということは、その歌に対しての愛情の深さだ。音を聴けばわかる。あっ、この人はこういう愛し方をするのだと。山本精一さんのギターと歌声は狂気の中に優しさがある。

渋谷毅さんのピアノ

渋谷毅さんのピアノの音を初めて聴いた。白波多《しらはた》カミンさんと共演しているYouTube映像〈渋谷毅+白波多カミン　くだもの　高円寺グッドマン〉という一曲である。太くて優しい音だ。人をびっくりさせるような、どうだと言わんばかりの音ではない。歌を生かした、ごくごく普通の音なのだけど、やっぱり、普通ではない。予期していなかった音が思ってもいなかった場所から聴こえてくる。カメラが夕暮れの町並みと空をゆっくりと描写していくように、あるいは、僕らの汚れた心が、それでもいいんだよと救われていくような響きだ。

歌に寄り添っているのだけれど、べたっと、くっついてはいない。なぞっていない。独立している。独立しているのだけど、勝手な主張をしていない。優しく、丁寧に、生まれてくる音を紡いでいるようだ。指と鍵盤がからみあっている。ああ、部屋中が音楽になった。

カミンさんにそんな感想を述べると、「そうなの。ピアノを弾いているというより、音がそこにあるの」と言う。カミンさんもどう表現してよいかわからないのだと思う。楽器を演奏している音ではないからだ。演奏者が演奏していない。歌手が歌っていない。役者が演技していない。どうしたら、そのような境地になれるのだろう。

「リハーサルはしたの？」「当日一回しただけで本番は全然違ってた。リハした意味がない（笑）」「その時、その時に生まれてくる音なんだろうね。音が誕生していく瞬間だ。凄いものを見ちゃったな」

その日、僕はカミンさんと〈からっぽの世界〉を一緒に歌った。この曲は隙間が多いため、海の底から聴こえてくるような音や心の空洞が表現できたらいいのだけれど、やりすぎると説明っぽくなるから、そこが難しい。カミンちゃんは、特別なことは一切せず、たんたんとギターを弾き、たんたんと歌った。僕の要望でエンディングのみ、あふれるギターソロを弾いてくれた。

僕は渋谷毅さんとお会いしたことがまだない。随分前に武蔵野公会堂で行われた高田渡生誕会でステージが一緒だった。お互いに新宿裏窓のピアノに触れたことがある。「岩下の新生姜ミュージアム」開館記念ライブに招かれ出演した。それだけが唯一の共通点だ。僕は一曲聴いただけで（それもYouTubeで）感激してしまったわけだから、ソロの生演奏は並外れているに違いない。カミンさんのお話だと、渋谷さんは、とっても普通の人で、凄いだろっていうような顔をしていないの、と言う。そりゃ、そうだろうなと思う。凄いだろっていう顔をしている人は凄くないものね。

白波多カミンさんと

日々思うこと

視覚障害者の方が自立していけるよう、あん摩、マッサージ、指圧、ハリ、お灸を教える専修学校がある。体調が優れないとき、僕は生徒さんの臨床実習として施術を受けに行く。ここの経絡《けいらく》治療では、ハリは浅く刺す。上手な生徒は、ツボをすぐに見つけ、痛みもない。手肌の感触もいい。二人の生徒が交互に刺してくれる。先生が生徒に囁いていている声が聞こえてきた。「反応を見ながら、早川さんの心を満足させなくちゃいけないんだよ」。僕は診察台のベッドに横たわりながら、思わず、じーんときてしまった。仕上げに先生が少しマッサージをしてくれるのだが、声が出てしまうくらい身体がふにゃふにゃになってしまう。一流の人は技術だけではないものを持っている。

映画『くじけないで』（二〇一三年、日本）を観た。武田鉄矢が素晴らしい。神戸浩やでんでんという役者と同じくらい、リアルでわざとらしくなく、ああ、こういう人っているだろうなと思った。九十歳を過ぎてから詩を書き始めた、柴田トヨ役の八千草薫が息子に送る手紙がいい。「やさしくて短気な健一へ。自分のするべき事をする。モノに当らない。目の前の人を大切に」。自分に言われているようであった。『運動靴と赤い金魚』（一九九七年、イラン）、『スタンリーのお弁当箱』（二〇一一年、インド）も良かったなー。

映画『偽りなき者』（二〇一二年、デンマーク）を観た。またすぐ観たくなってしまう。決して後味がいいわけではないのだが、考えさせられてしまう。映画が終わっても、終わっていないのである。一度観ればいいや、一度読めば二度読む気はしない。一度聴けば十分という歌は山ほどあるが、もう一度聴きたい、もう一度読みたい、もう一度食べたい、もう一度あの場所に行きたい。もう一度あの人に逢いたい、明日もあの人に逢いたいという人はめったにいない。

自作自演であれば歌手になれるわけではない。他人の夢物語を聞かされるほど退屈なものはないように、歌や日記や文章で、自分を見せればいいってものではない。特別な人間でもないのに、特別なことを語れるわけがない。僕は何を語ればいいだろう。何を歌えばいいのだろう。自分の言葉などない。自分の考えなどない。すでに何千年も前から、人類は同じことで悩み、答えを導き出そうとしている。

「自分は小さいころ、いじめっ子だった」と告白する人が好きになれない。しまいには、「いじめられる側もいじめられる要素があった」と言い出す。猫を虐待して解剖する人は、猫に原因があったのだろうか。「記憶は弱者にあり」(マルセ太郎)という言葉をいつも思い出す。

「最近、いろんなことがあって、とっても調子が悪いの」と娘からメールが入った。「大変なことが起きたときは、大変なことに耐えられるレベルに、自分のたましいが達したと思えばいいんだよ」と、どこかで覚えたセリフを伝えたら、安心してくれた。

　先日、横断歩道で、赤信号なのに、自転車をひきながら向こうから渡ってくる女性がいた。それを見て、こちら側にいた年配の男性が「信号無視は何万円の罰金だぞ！」とすごい剣幕で怒鳴った。隣には奥さんらしき人がいて、奥さんは無表情で黙っている。男性は、なおもしつこく、「信号無視は何万円の罰金なんだぞ。そんなことがわからないのか！」とくりかえし怒鳴っている。あー、正義をふりかざす人は見苦しい。ちょっといけないこと、人に言えないことも人生なのになと思った。

往復書簡　イカ女と猫のミータン

柴草玲　早川義夫

拝啓、早川義夫さま
こんばんは、いかがお過ごしですか?
わたしは今日、浅漬けにしようと、赤ちゃんメロンをさがしましたが、見つかりませんでした。季節はもう過ぎたようです。

2012.5.29

柴草玲さん、
僕は最近、頭の中がごちゃごちゃです。特に、恋愛において、思うように行かないので、つくづく、あー、モテたらいいなと思っています。いや、多くの人からモテたいのではありません。自分がいいなと思う人から、同じ思い、同じ感覚、同じ比重で、

柴草玲さんと

愛されたら、どんなにいいだろうなと思うのです。

この間、デパートの靴売り場で、椅子に座っていたら、あるカップルが立ち止まり、女性が男のお尻をずうっと撫でているのを見て、素直に、わー、いいなーと、羨ましく思いました。僕は僕だけにHになってくれる女性が好きなんです。できれば、柴草さんのお話も聞きたいです。どうして、「さげまん」なんて言葉が出て来たのかしら？

2012.5.29

早川さん、こんばんは。

今日は、駅ビルの地下街で、さんざん迷った挙げ句、崎陽軒のシューマイ弁当をひとつ買いました。崎陽軒のおばさんは、お惣菜やら日用品やらの袋をいくつもぶら下げているわたしを見て、大きな紙袋に、荷物を全部きれいにまとめてくれました。シューマイ弁当ひとつ買っただけなのに、やさしいな、と思いました。お店の人にしてみたら、日常的なサービスなのかもわかりませんが、それでも、そういう事が、やけに沁みる夕刻だったのです。

自分のことを〝さげまん〟と言いますのは……そんなにたくさん経験はありませんが、付き合う男の人が、ことごとく仕事を首になったり、収入が激減したり、他にも何かしら、みるみる不調になってゆくからです。

でも、わたしと別れた後は、どかんと成功したり、元のさやに納まってマイホームを買ったりしているので、結局、長い目で見ると〝あげまん〟なのではないか、というふうに強引に解釈しております。ちなみに最近は、〝あげ〟なのか〝さげ〟なのか、確かめる機会にすら見放されているようです。

ジャンヌ・モローが言ったそうです。自分が男に求めるのは、〝美〟だけだと。富だとか地位だとか、そんなものはぜんぶ自分で持っているから、と。ジャンヌ・モローが言うから成立する台詞ですね。

わたしが今、男に何か求めるならば、本気で笑わせてくれて、本気で濡れさせてくれて、あとはぐっすり眠らせてくれること、です。ぜいたくでしょうか。

2012.5.30

柴草さん、

素敵なお手紙ありがとう。今朝、ベッドの中で、読ませていただきました。最後の二行、なんて、素晴らしいのでしょう。

僕も、十年ぐらい前から、事あるごとに、「笑いと感動とHしか興味がありません」と言ってきました。下品な僕と一緒にされたくないかも知れませんが、大まかなところでは、似てますよね。嬉しかったです。

昔、付き合っていた彼女との出来事ですが、外出時、彼女の服に付いていた糸くずを「もぅ、だらしがないんだから」って、取ってあげたら、「濡れてしまった」と言ってました。

2012.5.31

早川さん、こんばんは。うすぼんやりと月が見える夜ですね。

糸くず取っただけで濡れた、すごくいいお話ですね。

本気の愛情……。

死ぬほど好き、みたいな感情って、ひょっとして一生のうちに、分量が決まってしまっているのだろうか？　わたしたちはもう、一生分、使ってしまったのだろうか？

そうじゃないといいね、そんな話をわりと最近、女ともだちとしたことがあります。うーん。どうも色っぽくなくていけません。

丸二日間、外にも出ず、なんとなくうつらうつらしていました。明日は靴を履こうと思います。そして、近所の空き家のあじさいを、何房か盗んで来ようと思います。

2012.6.2

柴草玲さん、

一人で、ご飯の用意をするの、飽きてきました。掃除、洗濯は、それほど苦ではないのですが、ご飯のおかずを考えて、作るのが面倒です。外食は、苦手で。独り暮らし、してはみたものの、たしかに、良さはあるのですが、そこが難点です。ご飯時、寂しいです。都合のいい時、誰かがいて、都合の悪い時、独りになれる。そういう状態が一番いいような気がします。

2012.6.6

早川義夫さま

だんだんと梅雨っぽい日々になって来ましたね。夕方、雨に打たれたあとの公園の木々が、（幸運なことに、この部屋の窓からは、まるで森のように見えるのです）ゆるやかに揺れている姿は、ややエロティックであります。

一人の夕飯は、確かにいつも悩みます。わたしは素麵や冷や麦が大好きなのですが、一人分の適度な量を茹でる、ということがいまだにできません。

いろいろ引っ越しながらも、今年のアパートの更新で、一人暮らし歴は二十数年になります。そう言えばわたし、家族と暮らした時期は別にして、男の人といっしょに住んだことがないのです。

好きになってもそうはできない、という状況も過去確かにありましたが、そもそも、好きな人と一緒に暮らそう、という発想がないみたいなのです。これは、自分でも理由がわかりません。そしてさらに、ここまで一人で暮らす自由さに慣れてしまうと、（それを自由と呼ぶのかどうかはわかりませんが）もう、今後も、誰とも一緒に住めないような気がします。

これ、なんだか、さびしい人間なのでしょうか。

一人分のお弁当を求めて駅ビル地下街を行ったり来たりしていて、やはり一人分のお弁当をさがしているらしき同じおばあさんと何度もすれちがったりする時、あ、わたし、長生きしたら、数十年後も変わらずこうやって、一人分のお弁当をさがすのかな、と、考えたりします（おばあさんにちょっと失礼なのですが）。
唐突ですが、女は女なりに、定期的に身体に絶頂感を与えることは、なかなか大事なのだそうです。

2012.6.10

柴草玲様
窓から見える景色が森のようだなんて、いいところに住んでいらっしゃるのですね。僕のところは、地下一階で、窓先空地というテラスがあり、そのおかげで部屋は、昼間は結構明るいのですが、木はありません。タイル張りの壁です。つまり、窓からの眺めは、独房みたいな感じです。
男の人と住んだことがないということ。偉い、立派。清潔です！　男と暮らすなんて、不潔であります。

「女は女なりに、定期的に身体に絶頂感を与える事は、なかなか大事なのだそうです」

どういうことなのか、そういう話、大好きなのですが、やはり、面と向かって、お話をしないと、調子が悪いです。

もう、猥談しか喋っちゃいけないというルールだったら楽しいのですが。実際、生きていく中で、そして、いつか必ず死んでいく中で、気持ち良いことは、大切ですよね。

人によっては、日本のいろいろ騒がれている事件や問題について、喧々囂囂《けんけんごうごう》していらっしゃる方が多いようですが、僕は、自分の半径十メートルぐらいの出来事だけで、精一杯です。

2012.6.10

早川義夫さま

こんばんは。お手紙のお返事、早々にどうもありがとうございます。

お互いに気軽に話がはずみそうでしたら、今後しばらく、エロティックなお話をテーマにしてみても良いかもしれませんね。

金子光晴『愛情69』（筑摩書房、一九六八年）の60番目の詩、

人が恋しあふといふことは、
あいての人のむさいのを、
むさいとおもはなくなることだ。

少し距離を置きながら、慎重に、幾度も読み返してみています。むさい、という字面を久しぶりに見た、というのがまず最初の印象でした。そして、自分の中でごっちゃになっている記憶の、くっついて自分に近過ぎる位置にある、目の前にあり過ぎて焦点が合わないくらいの、肌やら皮膚やら、皮膚の伸び縮みやら、味やら匂いやらが迫って来るようでした。

愛しいと思う人の皮膚の味、匂いは良いものですね。

わたしは、幸運にも誰かと恋して付き合っている時、その人のこめかみあたりや、

頭の地肌の匂いを嗅ぐのが好きです。あと、汗ばんでいるところとか。好きな人の動物っぽさを感じられると、なぜ嬉しいんでしょう。……自分がいろいろと嗅がれるのは恥ずかしいのですが。

2012.6.11

柴草玲様

柴草さんからメールが来ると、なんとも、嬉しくなります。読みながら、「ね、そうでしょ」って相槌を打ったり、「そうそう、僕の場合はね」と、喋り出したくなります。

実際、相手を不潔に思えるか、不潔に思えないかで、キスできるか、セックスできるかの判断になるでしょうね。岩井志麻子の対談集の中にある、うろ覚えですが、「即尺できる男とできない男がいる」という話も面白かったです。

「官能的な歌」、柴草さん、作れると思いますよ。キレイな人は、どんなに、いやらしいことを歌っても、汚らしくならないから、大丈夫です。美しくて、才能があって、性格が良い、三拍子揃っている人は、めったにいません。

僕は、「この世で一番キレイなもの」は何だろうって、いつも考えているのですが、と同時に、「この世で一番いやらしいこと」は何だろうなとも、考えています。やはり、あり得ないこと、意外なことだろうと、そこまでは思いつくのですが、なかなか、そういう状況にならないので、毎日が面白くないです。

これは、日記にも書いたことですが、吉本隆明が自分が死ぬ時、何を後悔するかというと、「僕の人生がいま終るとするなら、何が心残りかというと、超人的にすばらしいエロスを喚起するような異性がいて、そういう人に出会っていないと思うことかな」と語っているし、辺見庸との対談『夜と女と毛沢東』(文春文庫)では、

辺見　女から「あなた、文章は最低だけど性格は最高だ」と言われるのと、「性格は最低だけど文章はいい」と言われるのと、もう一つ、「あなたは書くものもくだらないし性格も最低だけど、あっちのほうだけは凄い」と言われるのと、何が一番いいと思うか？　吉本さんなら何を選びます？

吉本　うーん。

辺見　僕は絶対に三番目だな(笑)。セックスが最高だと言われるのが、僕の夢で

すね、というより人間的にそうあるべきじゃないかとどこかで思っている。現実にはまったくそうではないから、ものを書いたり理屈をこねたりしているわけですが、三番目が理想でしょう。

吉本　やっぱりそれは理想ではありますよね。

性の専門家でない方たちが、そう考えているということが、興味深いです。

2012.6.15

早川義夫さま

「官能的な歌」を作れると言ってくださって、どうもありがとうございます！

とても嬉しいです。

……しかしながら、このところ、求めれば求めるほど、官能的な気分から遠ざかってばかりいるのです。吉本隆明ではないですけれど、こんなに渇いたままで、もし今死んだら、心残り、と言うか、虚しいだろうな、と思います。

岩井志麻子も、発言がいつもおもしろいですよね。何かのインタビューで、「とにかくセックスが好きで好きで、でもオナニーもするんです、オナニーは〝別腹〟なんです」と力説していて、爆笑した事があります。

あと、自分の事を、〝エロいおばはん〟とか言ったりして。

俗っぽくて恐縮なのですが、わたしは、あの、有名な猟奇殺人の阿部定がけっこう好きなんです（彼女に憧れる女の人は多いらしいですね）。

それから、阿部定を扱った映画はいくつかありますが、中でも、ロマン・ポルノとして制作された、「実録阿部定」は、わたしはとても好きでした。ポルノのわりには、事実に一番忠実だと言われている作品のようです。昭和の体型の宮下順子が素敵なエロさで。腕に予防接種の痕や、背中にシミなんかもあって。

お互いにもう、好きで好きで、身体の相性も良くてたまらなくて、旅館にこもって絡まってばかりいて、お金はどんどんなくなっていって、それなのにやっぱり抱き合ってばかりいて、実際はそこまで美しいお話ではなかったのかもしれませんし、殺さなかったにしても、そんな状態がいつまでも続くわけはないのですが、それにしても、いいなあー、と……。

歳をとってからの、実際の阿部定のインタビューが、YouTubeで観られるのですが、「一生のうちで本当に好きになる人なんて、一人くらいじゃないかしらね」みたいなことをさらっと言って、去ってゆくのですね。さすがにあれだけの情事をした女、やり切った感があると言うか、清々しかったです。

2012.6.24

柴草様

阿部定が出てくるとは思いませんでした。僕はくわしくないのですが、愛の極致って、そういうことなのかなとは思います。他の人に、とられたくない。自分だけのものにしたい……。

単行本の『たましいの場所』五刷から「続・赤色のワンピース」という原稿を加筆したのですが、内容は、よしおさんに恋人が出来て、私と別れたくなっても、ヒッチコックの交換殺人の映画みたいに、私を殺さないでね、ちゃんと別れてあげますから。その代わり、よしおさん、死んだら、ちんこちょうだいね。と、妻が言う話です。本気なのか、ふざけてなのか、怖いから、確かめてはいませんが。ホルマリン漬けにして飾っておくのか、するめいかみたいにかじるのか、よくわかりません。ホントに好きだったら、あそこが愛しいのだろうなと思います。それは、男も女も同じです。もしも、恋人が他の男に挿入されたら、悔しいです。

今日、たまたま、昔も、観たのですが、「髪結いの亭主」を録画してあったので、夕飯時、観ました。いいですねー。

2012.6.26

早川義夫さま
おはようございます。今朝はずいぶん早くに目覚めました。

窓から、夜明けの空の移り変わりを、存分にながめました。

鳥の声しかしない時間は、とても安らぎます。

「髪結いの亭主」は途中確か、お客の髪を洗いながらの、静かな絡みのシーンがありましたね。パトリス・ルコントは、好きな映画いっぱいあります。

結婚するまで絶対に男と関係してはいけない、と母親に言われて育ちました。

もちろん、そうは行きませんでしたが。

いつもとりとめが無くてごめんなさい。

2012.6.29

往復書簡、楽しかったですね。ありがとう。

2012.6.29

こちらこそ、どうもありがとうございました。
それでは、再会できます夏を、心より楽しみにしております。
かしこ。

2012.6.29

柴草玲さんとは、これまでに二度ほどライブでご一緒しただけである。恋人同士でもなければ、なんでもない仲なのに、こうして、人に言えないようなことまで、やりとりができて、とても楽しかった。信頼されているようで嬉しくもあった。夜中に目が覚め、パソコンを立ち上げて、柴草さんからのメールがあると、まるで、夜食が届いたように思えた。そんな歌詞を作って、柴草さんに作曲をしてもらったのが〈僕たちの夜食〉という歌だ。エロティックな会話だったけれど、下品にならなかったのは、すべて、柴草さんの気品のおかげである。

観たい、読みたい、聴きたい、逢いたい

もともと、読書量は少なくて偏っている。最近は、夢中になれる本に出合えなくて、再読した方が面白いことが多い。もう一度読みたい小説は、谷崎潤一郎『痴人の愛』、北條民雄『いのちの初夜』、安岡章太郎『悪い仲間』、島尾敏雄『死の棘』、山口瞳『血族』、車谷長吉『忌中』などだ。小説以外では、小林秀雄、吉本隆明。未読の本はいっぱいあるから、まだ楽しめる。

映画も偏っている。SF、ホラー、アニメ、ミュージカル、インタビュー形式のドキュメンタリー、アクション映画、ピンク映画は初めから観ない。日常とあまり縁がないからだ。そのかわりなぜか、脱獄、銀行強盗、裁判、異常性欲者の物語は好きだ。

もう一度観たい映画は、『わらの犬』（ダスティン・ホフマン）、『ワンス・アポン・ア・タイム・イン・アメリカ』（ロバート・デ・ニーロ）、『髪結いの亭主』（監督パトリス・ルコント）、『愛人／ラマン』（原作マルグリット・デュラス）、『シンドラーのリスト』（リーアム・ニーソン）、『ショーシャンクの空に』（ティム・ロビンス）、『レオン』（ナタリー・ポートマン）、『真実の行方』（リチャード・ギア）、『秘密の絆』（リヴ・タイラー）、『ロリータ』（原作ウラジーミル・ナボコフ）、『グッド・ウィル・ハンティング／旅立ち』（ロビン・ウィリアムズ）、『アメリカン・ヒストリーX』（エドワード・ノートン）、『グリーンマイル』（トム・ハンクス）、『I am Sam』（ショーン・ペン）、『コーラス』（ジェラール・ジュニョ）、『エレジー』（ペネロペ・クルス）、『屋根裏部屋のマリアたち』（ファブリス・ルキーニ）、『ディア・ブラザー』（ヒラリー・スワンク）、『戦火の馬』（監督スティーヴン・スピルバーグ）、『偽りなき者』（マッツ・ミケルセン）、『ザ・ガール　ヒッチコックに囚われた女』（シエナ・ミラー）、『やさしい本泥棒』（ジェフリー・ラッシュ）などだ。

名古屋のライブハウス得三オーナー森田裕さんから、若尾文子主演『女は二度生まれる』（監督川島雄三、一九六一年）を薦められて観た。芸者役の若尾文子の声としぐさが色っぽい。いろんな人と寝ちゃうんだけど全然不潔さを感じさせない。不思議である。映画は女優で決まる。ファーストシーンから引き込まれる。映像がキレイ。風景が美しい。衣装もステキだ。すべての描写に意味がある。音楽はうっとりさせてくれる。『鍵』（監督市川昆、一九五九年）も良かったな。

結局、一回きりではなく、また観たい、また聴きたい、またあの人に逢いたいというのがいいものなのだ。何度聴いてもうるさくない曲は、バッハ〈ゴルトベルク変奏曲〉、エリック・サティ〈3つのジムノペディ〉、デューク・エリントン&ジョン・コルトレーン〈イン・ア・センチメンタル・ムード〉、エンニオ・モリコーネ〈ワンス・アポン・ア・タイム・イン・アメリカ〉、ジョン・レノン〈Stand By Me〉、ジェーン・バーキン〈さよならなんて言えない〉、エリック・クラプトン〈While my guitar gently weeps (Concert for George)〉などだ。

しかし、好きと言っても日常的に音楽を聴く習慣はない。鳥の声、波の音、自然な音が一番の音楽だと思っている。

ものを書く心理

五十の力でしか愛さなくて、ふられたなら、悔いは残るだろうが、百の力で大切にしていたのに、ふられたならば、悔いは残らない、と最近思うようになった。さらに言えば、僕をふった人は、僕よりももっとダメな男をつかまえて、きっと不幸になるだろうと密かに思うのである。逆に、僕がふった場合は、僕が不幸になって、相手の女性は、僕より断然ステキな人を見つけて幸せになる気がする。

角田光代『異性』（穂村弘共著、河出文庫）の中に、同じような気持ちが書かれてあった。「自分をふった恋人が、別れたのち、しあわせになってほしいか、不幸になってほしいかと、友だちに訊いてまわったことがある。なぜ『訊いてまわった』かというと、私は確実に不幸になっていてほしいと願うのだが、そんな自分はどこかおかしいのかと不安になったからである。
おそろしいことに、実際私はおかしかったのだ」

角田さんは自分の気持ちをこう分析する。「私が小説を書こうと思い、書き続け、なお書きたいと願う、その核の部分は、きらきらしたまぶしい正のものではなくて、黒くてゆがんで湿った負のもの、という気が、どうしてもしてしまうのである」

車谷長吉は、「人間の偉さ（崇高さ）には、どんなに偉い人であっても限りがあるが、人間の愚かさは底なし沼である。また人間の善には、どんなに善人でも限りがあり、併し人間の悪《わる》ぶりは底なしである。つまり愚か者、悪人の方が、偉人、善人よりも深みがあるのである。」（「和辻哲郎の小説」）と語っている。

「僕をふった人は、僕よりももっとダメな男をつかまえて、きっと不幸になるだろうと密かに思うのである」と日記に書いたら、元恋人から、電話がかかってきた。ちょっと会いたいと言う。もしかして、よりを戻したいのかしらと自惚れたが、全然違っていて、「それ、私のことでしょ」と問い詰められた。「違うよ。誰それということではなく、一般論としてであって。ものを書く心理の中には、そういう悪の部分も含んでいないと、深いものは書けないという意味であって。そんなに俺、性格悪くないよ。幸せになって下さい」「彼女できたの？」「はい」

「はい」とは答えたものの永遠ではない。山と谷が同じ数だけあるように、浮かれた分だけ悲しみは襲ってくる。

あとがき

「語れないこと」をテーマに書いてみたかった。「語れること」は、面白くないと思ったからである。そうは言っても、やはり「語れないこと」は書きづらくて困った。たとえば、嫌な思い出がある。隠しておきたい秘密がある。それらを表出するのは良いことなのだろうか。嫌な話は、読む人をも嫌な気持ちにさせる。秘密だってそこまで知りたくないよと言われてしまうかもしれない。裸になればいいってものではないのだ。沈黙よりも美しくなければ音を奏でる意味がないように、語るからには、意義がなければならない。

この本に書かれたことは全部本当のことだ。しかし、書いていて自分は間違っているかもしれないと思うことがたびたびあった。決して、正しいと言い張るつもりはなく、ただ、どうしても、こういう気持ちになってしまうのだということを書いてみたかった。

筑摩書房編集局の井口かおりさんには週に一度原稿を提出してきた。締切を作らないと書けないからである。そのたびに感想をくださった。「痛みに耐えながら真珠を作り出しているようでした」というお褒めの言葉をいただいたときは嬉しかった。誤解を受けてしまいそうな文章は、「これは書き直すか、やめた方がいいでしょうね」と的確に判断してくれた。書きたくないことまでを書こうとしたから、いいのか悪いのかがわからなくなってしまう。弱音を吐けばお尻を叩き、本当にいろいろと助けてもらった。

「心はいったいどこにあるのだろうね」と話しあうことがある。胸に手を当てる人もいれば、脳内だと考える人もいる。細胞のひとつひとつに張り付いているんじゃないの？　と教えてくれた子もいた。心が体を包んでいるという説もある。しかし、科学はどんな装置を使っても心を写し出すことはできない。けれど、心は存在している。

僕はHだから、「♪心の中に心を入れたい」と歌っている。愛しあうということはそういうことなのだと思う。しかし、僕の心なんかはどうでもいい。本書を読んでくれる方の心が見えてきたらいいなと思っている。

2015.6.10　早川義夫

早川さま

早川さんの文章が大好きです。おじょうさんの結婚式に出ないところも大好きです。それから小学校のときいつも「からっぽの世界」と「遠い海へ旅に出た私の恋人」を口ずさんでる暗い小学生でしたので感無量です。

いつもエッセイを読んでは「あまりにもエロスに欠けすぎている私の本、きっと早川さんはあんまり好きじゃないだろうなあ」と思っていたので、読んでいただけたことが光栄です。ありがとうございます。

今回はゲラだったから早川さんの直しを見ることができて嬉しくて胸キュンでした！直し方のきめ細かさや優しさに早川さんの全部が出ている気がしました。だから普通の読者よりも得した気持ちです。

父のことをたくさん書いてくださり、ありがとうございました。

吉本ばなな

本書は、書き下ろしです。
一部著者のブログに掲載されたものもあります。

たましいの場所　早川義夫
「恋をしていいのだ。今を歌っていくのだ」。心を揺るがす本質的な言葉。文庫用に最終章を追加。帯文＝宮藤官九郎　オマージュエッセイ＝七尾旅人

生きがいは愛しあうことだけ　早川義夫
親友ともいえる音楽仲間との出会いと死別。恋愛。音楽活動。いま、生きることを考え続ける著者のエッセイ。帯文＝斉藤和義　（佐久間正英）

ぼくは本屋のおやじさん　早川義夫
22年間の書店としての苦労と、お客さんとの交流。どこにもありそうで、ない書店。30年来のロングセラー！　（大槻ケンヂ）

つげ義春コレクション（全9冊）　つげ義春
マンガ表現の歴史を変えた、つげ義春。初期代表作から「ガロ」以降すべての作品、さらにイラスト・エッセイを集めたコレクション。

私の絵日記　藤原マキ
つげ義春夫人が描いた毎日のささやかな幸せ。家族三人の散歩。子どもとの愉快な会話。口絵8頁。「妻、藤原マキのこと」＝つげ義春。　（佐野史郎）

昨日・今日・明日　曽我部恵一
「サニーデイ・サービス」などで活躍するミュージシャンの代表的エッセイ集。日常、旅、音楽等が爽やかな文体で綴られる。松本隆氏推薦。

バーボン・ストリート・ブルース　高田渡
流行に迎合せず、グラス片手に飄々とうたい続け、いぶし銀のような輝きを放ちつつ逝った高田渡の酔いどれ人生、ここにあり。　（スズキコージ）

中島らもエッセイ・コレクション　中島らも　小堀純編
小説家、戯曲家、ミュージシャン等幅広い活躍で没後なお人気の中島らもの魅力を凝縮！　酒と文学とエンターテイメント。　（いとうせいこう）

Ai ジョン・レノンが見た日本　ジョン・レノン絵　オノ・ヨーコ序
ジョン・レノンが、絵とローマ字で日本語を学んだスケッチブック。「おだいじに」「毎日生まれかわります」などジョンが捉えた日本語の新鮮さ。

絵本ジョン・レノンセンス　ジョン・レノン　片岡義男／加藤直訳
ビートルズの天才詩人による詩とミニストーリーと絵。言葉遊び、ユーモア、風刺に満ちたファンタジー。原文付。序文＝P・マッカートニー。

ぼくが真実を口にすると 吉本隆明88語　勢古浩爾

吉本隆明の著作や発言の中から、とくに心に突き刺さったフレーズ、人生の指針となった言葉を選び出し、それを手掛かりに彼の思想を探っていく。

ぼくは散歩と雑学がすき　植草甚一

1970年、遠かったアメリカ。その風俗、映画、本、音楽から政治までをフレッシュな感性と膨大な知識、貪欲な好奇心で描き出す代表エッセイ集。

いつも夢中になったり飽きてしまったり　植草甚一

男子の憧れJ・J氏。欧米の小説やジャズ、ロックへの造詣、ニューヨークや東京の街歩き。今なお新鮮さを失わない感性で綴られる入門書的エッセイ集。

こんなコラムばかり新聞や雑誌に書いていた　植草甚一

ヴィレッジ・ヴォイスから筒井康隆まで夜を徹して読書三昧。大評判だった中間小説研究も収録したJ・J式ブックガイドで「本の読み方」を大公開！

雨降りだからミステリーでも勉強しよう　植草甚一

1950～60年代の欧米のミステリー作品の圧倒的で貴重な情報が詰まった一冊。独特の語り口で書かれた文章は何度読み返しても新しい発見がある。

女子の古本屋　岡崎武志

女性店主の個性的な古書店が増えています。カフェを併設したり雑貨も置くなど、独自の品揃えで注目の各店を紹介。追加取材して文庫化。（近代ナリコ）

昭和三十年代の匂い　岡崎武志

テレビ購入、不二家、空地に土管、トロリーバス、くみとり便所、少年時代の昭和三十年代の記憶をたどる。巻末に岡田斗司夫氏との対談を収録。

貧乏は幸せのはじまり　岡崎武志

著名人の極貧エピソードからユーモア溢れる生活の知恵まで、幸せな人生を送るための「貧乏」のススメ！　巻末に荻原魚雷氏との爆笑貧乏対談を収録。

既にそこにあるもの　大竹伸朗

画家、大竹伸朗「作品への得体の知れない衝動」を伝える20年間のエッセイ。文庫では新作を含む木版画、未発表エッセイ多数収録。（森山大道）

ネオンと絵具箱　大竹伸朗

現代美術家が日常の雑感と創作への思いをつづった2003～11年のエッセイ集。単行本未収録の28篇、カラー口絵8頁を収めた。文庫オリジナル。

痕跡本の世界　古沢和宏

古本には前の持ち主の書き込みや手紙、袋とじなど様々な痕跡が残されている。そこから想像がかきたてられる。新たな古本の愉しみ方。帯文＝岡崎武志

「下り坂」繁盛記　嵐山光三郎

人の一生は、「下り坂」をどう楽しむかにかかっている。真の喜びや快感は「下り坂」にあるのだ。あちこちにガタがきても、愉快な毎日が待っている。

真鍋博のプラネタリウム　真鍋博　星新一

名コンビ真鍋博と星新一。二人の最初の作品『おーい　でてこーい』他、星作品に描かれた挿絵と小説冒頭をまとめた幻の作品集。（真鍋真）

超　発　明　真鍋博

昭和を代表する天才イラストレーターが、唯一無二のＳＦ的想像力と未来的発想で〝夢のような発明品〟129例を描き出す幻の作品集。（川田十夢）

世界はもっと豊かだし、人はもっと優しい　森達也

人は他者への想像力を失い、愛する者を守ろうとする時にこそ残虐になる。他者を排斥する日本で今できること。単行本未収録原稿を追加。（友部正人）

酒　呑　ま　れ　大竹聡

酒に淫した男、『酒とつまみ』編集長・大竹聡が、酒とともに出会った忘れられない人々との思い出を自らの半生とともに語る。（石田千）

驚嘆！　セルフビルド建築　沢田マンションの冒険　加賀谷哲朗

比類なき巨大セルフビルド建築、沢マンの全魅力！4階に釣堀、5階に水田、屋上に自家製クレーンも！　帯文＝奈良美智（初見学、岡啓輔）

中央線で行く東京横断ホッピーマラソン　大竹聡

東京～高尾、高尾～仙川間各駅の店でホッピーを飲む！　文庫化にあたり、仙川～新宿間を飲み書き下ろし、各店データを収録。（なぎら健壱）

減速して自由に生きる　髙坂勝

自分の時間もなく働く人生よりも自分の店を持ち人と交流したいと開店。具体的なコツと、独立した生き方。一章分加筆。帯文＝村上龍（山田玲司）

憲法が変わっても戦争にならない？　高橋哲哉　斎藤貴男　編著

なぜ今こそ日本国憲法が大切か。哲学者、ジャーナリストの編者をはじめ、憲法学者・木下智史、映画監督・井筒和幸等が最新状況を元に加筆。

新宿駅最後の小さなお店ベルク　井野朋也
新宿駅15秒の個人カフェ「ベルク」。チェーン店にはない創意工夫に満ちた経営と美味さ。帯文＝奈良美智
(柄谷行人／吉田戦車／押野見喜八郎)

「食の職」新宿ベルク　迫川尚子
新宿駅構内の安くて小さな店で本格的な味に出会えるのはなぜか？　副店長と職人がその技を伝える。メニュー開発の秘密、苦心と喜び。
(久住昌之)

ROADSIDE JAPAN 珍日本紀行 東日本編　都築響一
秘宝館、意味不明の資料館、テーマパーク……。路傍の奇跡ともいうべき全国の珍スポットを走り抜ける旅のガイド、東日本編一七六物件。

ROADSIDE JAPAN 珍日本紀行 西日本編　都築響一
蝋人形館、怪しい宗教スポット、町おこしの苦肉の策が生んだ妙な博物館。日本の、本当の秘境は君のすぐそばにある！　西日本編一六五物件。

コーヒーと恋愛　獅子文六
恋愛は甘くてほろ苦い。とある男女が巻き起こす恋模様をコミカルに描く昭和の傑作が、現代の「東京」によみがえる。
(曾我部恵一)

てんやわんや　獅子文六
戦後のどさくさに慌てふためくお人好し犬丸順吉は社長の特命で四国へ身を隠すが、そこは想像もつかない楽園だった。しかしそこは……。
(平松洋子)

娘と私　獅子文六
文豪、獅子文六が作家としても人間としても激動の時間を過ごした昭和初期から戦後、愛娘の成長とともに自身の半生を描いた亡き妻に捧げる自伝小説。

七時間半　獅子文六
東京—大阪間が七時間半かかっていた昭和30年代、特急「ちどり」を舞台に乗務員とお客たちのドタバタ劇を描く隠れた名作が遂に甦る。
(千野帽子)

みみずく偏書記　由良君美
才気煥発で博識、愛書家で古今東西の書物に通じた著者が、書狼に徹し書物を漁りながら、読書の醍醐味を多面的に物語る。
(富山太佳夫)

みみずく古本市　由良君美
博覧強記で鋭敏な感性を持つ著者が古本市に並べるのは時を経てさらに評価を高めた逸品ぞろい。新刊書に飽き足らない読者への読書案内。
(阿部公彦)

ちくま文庫

心《こころ》が見《み》えてくるまで

二〇一五年九月十日　第一刷発行

著　者　早川義夫（はやかわ・よしお）
発行者　山野浩一
発行所　株式会社 筑摩書房
東京都台東区蔵前二―五―三　〒一一一―八七五五
振替〇〇一六〇―八―四一二三
装幀者　安野光雅
印刷所　三松堂印刷株式会社
製本所　三松堂印刷株式会社

乱丁・落丁本の場合は、左記宛にご送付下さい。
送料小社負担でお取り替えいたします。
ご注文・お問い合わせも左記へお願いします。
筑摩書房サービスセンター
埼玉県さいたま市北区櫛引町二―六〇四　〒三三一―八五〇七
電話番号　〇四八―六五一―〇〇五三

ISBN978-4-480-43294-0 C0195